U0079373

爸爸的動物園
動物醫
動物醫

人物介紹

李毅杰　十二歲

阿杰，夢想成為獸醫，雙手靈巧，熱愛動物的少年。

王傑聰　十二歲

阿杰的好友，與阿杰形影不離，同樣熱愛動物。

孫柏凱　十二歲

阿杰的同學，暴發戶的獨生子，任性自私。

波　特

收容所的工作犬，脾氣温和好親近，與阿杰默契十足。

杜大望　三十七歲

動物保護協會附屬收容所的負責人，認真負責。

李安德　四十歲

阿杰的爸爸，身兼獸醫與動物保護協會負責人，個性溫和有智慧。

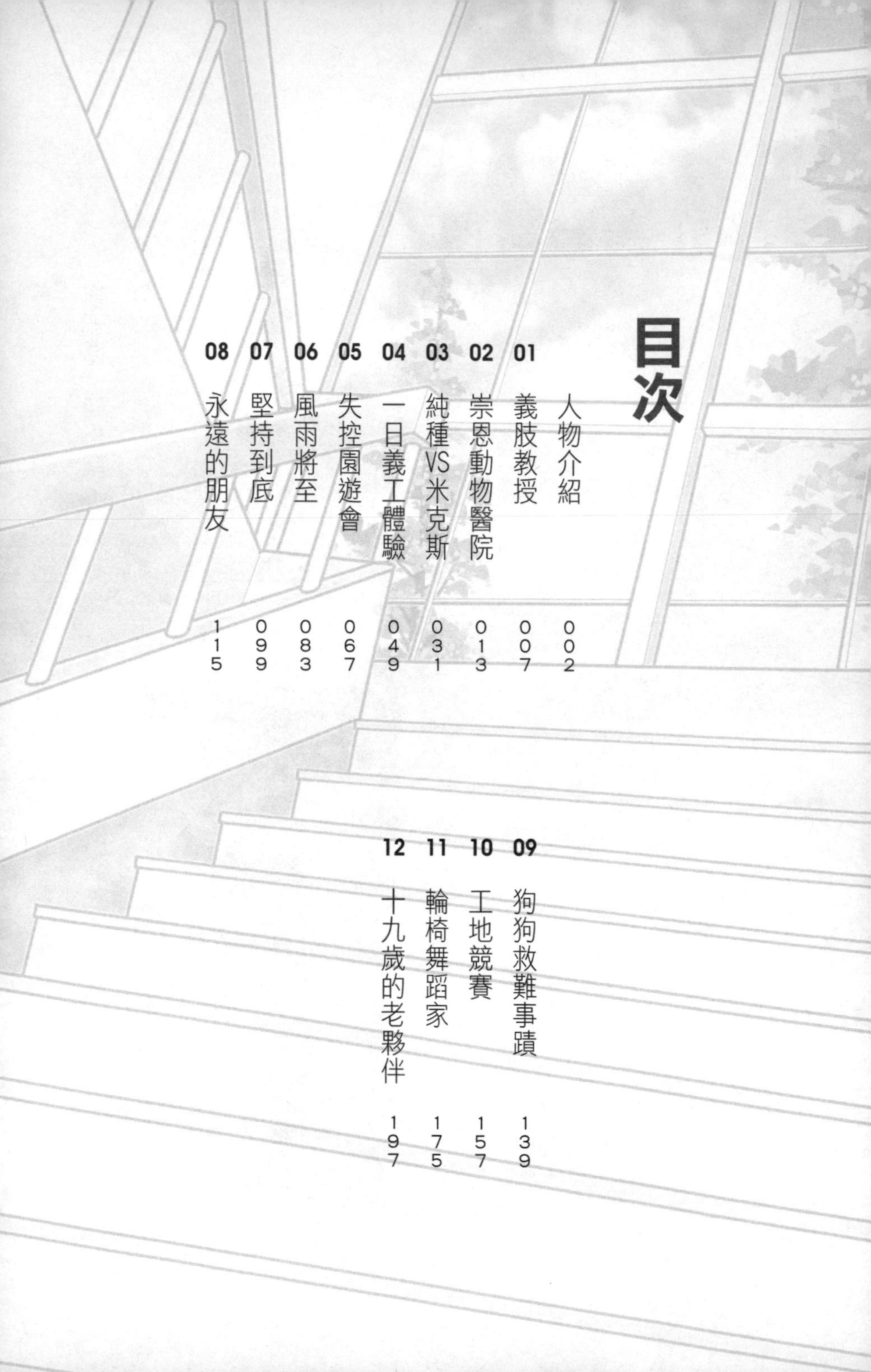

目次

01 義肢教授
動物醫
動物醫學

有條白色尾巴的多多踏著穩重的步伐走進教室，牠安裝義肢的前腳閃著銀光，顯現出受到良好的保養。多多坐在講桌旁，等待尾隨在後的飼主。一個穿著隨興又不失體面的男子跟在導師身後進入教室，教室裡坐著許多孩子們，一個個睜大了眼睛，好奇的看著眼前奇異的一人一狗，他們驚訝的發現教室裡多了隻似乎比他們還懂禮貌的小狗，既安靜又穩定的趴在講桌旁，彷彿這個牠第一次踏入的教室就是自己熟悉已久的家一般。

年輕的導師站上講台向大家介紹了這名訪客與自在的小狗。

「大家安靜。」

原本竊竊私語的課堂瞬間鴉雀無聲。

「上個星期向各位提過，這星期安排了一堂動物生命教育的課程。」導師說：「這位是來自T大獸醫系的教授，李教授和他的助教犬，他要為各位介紹與動物相處的方式，請大家鼓掌歡迎他們。」

台下禮貌的響起了掌聲，被稱做是李教授的男子走上講台，用左手拿起粉筆，流暢的在黑板上寫下自己的名字。

01 義肢教授

「李……毅……杰……」才剛上小四的學生們已經學會了許多國字，他們很有默契的跟著黑板上的字唸出聲音。

「各位同學好，我是李毅杰，我在T大的獸醫系教書……」

「那你是獸醫嗎？」李教授話還沒說完，就有同學搶著發問。

「我是教導獸醫的老師喔！」

「為什麼有一隻小狗？」不等教授喘口氣，就有人搶著提出新問題。

「因為我要來和各位分享一些故事，這位是我的助教，牠叫做多多。」

阿杰慈愛的看著多多，牠正乖巧的坐在講台旁邊。這個工作牠已經做過無數次了，牠知道在孩子們得到允許，衝上前包圍著牠，熱烈的用小手撫摸牠的毛皮前，都沒有牠出場的機會。

此時，多多正香甜的側躺著，幻想著待會午餐可以吃到香嫩的罐頭呢！這可是每次工作結束後牠最期待的獎賞。

「我們可以摸牠嗎？」

「等我講完故事後，就會讓你們和多多相處了。多多也有東西要教你們喔！想

必你們的老師已經和各位介紹過了……」阿杰保持耐心的回答著問題。

聽到可以和小狗玩，同學們都興奮的緊盯著多多，他們的級任導師此時正站在教室後面，認真注意著每個可能會搗亂的問題份子。

「我代表一個協會來……」

「什麼是協會？」

「是一個組織，這是為了保護動物以及推廣動物生命教育而組成的協會。」

「喔……」小朋友們發出似懂非懂的聲音。

「在開始我們例行的課程前，大家對於我和多多有任何問題嗎？」阿杰決定在開始課程讓他們問個痛快。

這次，孩子們你看我我看你，沒有人率先提問。

終於有個孩子勇敢的舉起手來：「老師，為什麼你的右手是假的？還有那隻狗的也是？」

彷彿說出了所有孩子心中的疑問一般，講台下的每張小臉頓時散發出光芒，閃閃發亮的眼神期待著許多神祕的故事。他們熱切的盯著打從阿杰走進教室開始，就

吸引了所有人注意的義肢右手。每場演講總是有個孩子會提出這樣的疑問，阿杰忍不住想逗弄他們，於是問道：「你們覺得為什麼呢？」

台下的孩子們紛紛高舉雙手，期待自己能猜出正確的答案。

「因為車禍！」

「是因為打仗啦！」

「天生就沒有！」

阿杰覺得到這邊答案都還算正常。

「因為你們是雙胞胎兄弟！」

「笨蛋，他們一個是人一個是狗，怎麼可能是兄弟！」

此時台下已經亂成一團，興奮的孩子們再也顧不得秩序，紛紛爭先恐後各自討論了起來。

「被酷斯拉攻擊！」

「因為魔法的詛咒！」

「這世界哪來的魔法啊！」

「因為基因改造失敗！」

眼見答案越來越荒謬，連科幻小說的情節都出現了，阿杰趕緊出聲緩和氣氛：「各位的答案都很有趣，但很可惜沒有人猜對。」

「欸——」台下發出驚呼。

「那是為什麼？」

「這要從十五年前，一個夜黑風高的夜晚說起……」

一聽到夜黑風高，所有的小耳朵馬上警覺了起來，他們由從小的經驗得知，這個句子表示著，有個精采的故事要開始了！

「當時啊！我還只是一個和各位差不多年紀的小孩……」阿杰緩緩說起了那個改變了他與多多一生的往事。

02 崇恩動物醫院

已經是晚上十點了，夏夜的晚風輕撫著樹葉，崇恩動物醫院是位於山腳下的社區裡唯一的一間獸醫診所，院長安德總是營業到了晚上十點才關門休息。今天也是確定沒有求診的人後，他才關掉營業招牌的燈，安靜的走上連接二樓住宅的階梯。

自從他在古島社區生根開業，也有十年的時間了，而他的獨生子阿杰，此時正端著熱茶，站在樓梯口迎接他。

「爸，今天還好嗎？」

「還可以，明天下午要幫小貝琪拆線，你可以來幫我嗎？」

小貝琪是昨天才從收容所送來結紮的米克斯小狗，現在正躺在診所內的動物病房區休息。

「嗯！那我明天一放學就回來，阿聰可能也會過來喔！」一提到自己最要好的朋友，阿杰就面露驕傲。阿聰經常和阿杰一起幫忙手術與照顧患獸，對手術也小有心得。

「好，謝謝你。」

安德喝著熱茶，欣慰的看著自己的獨生子，感激他年僅十二歲卻乖巧懂事。

阿杰的母親在六年前過世後，留下他們倆相依為命，安德一個人將阿杰拉拔長大。但身為動物保護協會的會長，工作繁忙的安德不得已，只好將阿杰帶著到處看診，沒想到在耳濡目染的環境下，阿杰小小年紀就已經成為他最好的助理，經常協助他處理複雜的手術；雖然安德的診所還雇有兩名排班獸醫，但困難的手術，安德還是仰賴阿杰的幫忙。

「大望叔叔有來電，他希望這個星期我們能將小貝琪帶過去，還有小雪的飼料要換，牠好像不能適應原本的飼料。」阿杰邊洗杯子邊說。

母親過世後，阿杰逐漸學會如何照顧好自己和爸爸，家裡的家事，從打掃到洗衣煮飯都由他一手包辦。

「好，我知道了。」

「爸……」

兩人的家常對話常圍繞著動物與診所打轉，但今天阿杰卻顯得有些欲言又止。

「怎麼啦？」安德坐在自己常坐的單人沙發上，拿起研究到一半的義肢資料問道。

沙發的對面還有張椅子，是阿杰早逝的母親蕾蕾生前常坐的位置，現在則是阿杰坐在上面。閒暇時，除了診所與協會的工作，安德的興趣就是支援協會附設的動物收容所。因為經常遇到遭遇車禍而需截肢的流浪犬，所長大望希望能引進新的方法，讓狗兒們都能獲得便宜好用的義肢，但又不會讓收容所和協會超支。

安德放下看了一半的英文資料，準備認真聽阿杰說話。每天診所打烊後，通常就是他和兒子獨處的時光，若有機會他都會盡量陪伴阿杰，以彌補總是在工作而缺少相處的情況。

安德耐心等待欲言又止的阿杰開口，畢竟從小帶到大，安德很清楚阿杰的個性剛毅好強，不到緊要關頭，他是不會輕易說出自己的煩惱的。

「爸……你知道我們班的孫柏凱嗎？」

原來是同儕之間的煩惱啊！

「知道啊！我還有和他爸吃過飯呢！他很希望大望能幫他訓練自家經營的狗場的狗。」

安德還記得，柏凱的爸爸是有名的狗場大亨，出手相當海派。

「那大望叔叔怎麼說？」大望是炙手可熱的工作犬訓練師，還曾得過國際比賽優勝，阿杰趕緊追問。

「當然是回絕啦！收容所附屬的訓練場就讓大望忙不過來了，還要經營收容所和主辦協會的活動，哪有時間再接其他的工作呢！」

「這樣啊……」對於大望回絕的理由似乎並不滿意的阿杰，露出落寞的神色。

「怎麼啦？你和柏凱發生了什麼事？」

「也沒有啦！你知道，柏凱他們家是經營狗場的……」

「嗯！我知道。」

「可是那不就和我們做的事情剛好相反嗎？」

阿杰指的是安德成立的動物保護協會的宗旨，以認養代替購買，宣導動物生命教育的理念。

「而且……柏凱一直在班上說，雜種狗哪比的上純種狗……」

原來平日穩重的阿杰是在糾結著這件事啊！安德恍然大悟。只要一扯上和動物有關的事情，尤其是小狗，就會讓阿杰特別認真。

「有需求就有買賣，這就是我們要宣導生命教育的原因呀！阿凱他們家也只是回應需求而已，重要的還是消費者改變心態。」安德客觀的說著。

「可是他真的很討厭耶！他都在說收容所的壞話！還說波特是雜種！」阿杰生氣的說。

「波特的確是雜種呀！也就是米克斯種啦！當然啦！所謂的純種也只是有固定特色外型的混血而已嘛！」安德依舊從容的回應著。

「他罵波特！」

面對阿杰的激烈反應，安德溫和的試著引導他宣洩情緒，釐清自己的感覺。

「那會因此改變你對波特的感情嗎？」

「才不會，波特是除了阿聰以外，我最好的朋友！」

「那柏凱說什麼也不會改變你和波特的相處囉？」

「那當然！」阿杰用力的點點頭。

「可是我不准他說波特的壞話！」

安德了解阿杰對朋友忠實，認真又善良的個性，但又擔心他和同學起衝突。

「我能體會你的心情，可是有時候我們就是要學習和不同的人相處，無論對方的想法是否和我們有所差異……」

阿杰無言以對，他的態度讓安德很擔心，他知道阿杰認真面對每件事，所以有時會在某些想法上鑽牛角尖，安德只好退而求其次說：「起碼答應我，你會練習控制自己的情緒，不要受到柏凱挑撥，好嗎？」

「喔……」阿杰不情願的點點頭。

一陣急促的門鈴聲打斷了父子倆的交談，他們兩人有默契的交換了一個眼神。

「阿杰，先準備好手術室，我去開門。」

「好！」

兩人如同訓練有素的士兵，迅速來到了樓下診所，當安德將診所的門打開時，一名年輕女子抱著一隻瘦弱的馬爾濟斯，神色焦急的站在門外。

「李醫生，球球牠突然倒下了，而且一直在抽搐，怎麼辦？」

被稱做球球的小狗正在飼主的懷抱中，虛弱的喘著氣。

「先進來，我們馬上做檢查。」

安德一看就猜到可能是得了惡性腫瘤，這種狗兒疾病如果不馬上開刀，不用半天工夫，狗兒就會蒙主召見了。這也是夜間急診常見的類型之一，因為難以預防，通常都是突然發病的狗兒被緊急送醫了才知道。

手術室中，安德已經穿戴好手術服；彷彿心有靈犀，阿杰也已準備好開刀手術的各項工具與儀器。每次的夜間急診，若等待其他獸醫前來協助，通常來不及完成急診手術，安德再一次感謝阿杰的機靈與熱誠。

小狗的飼主焦急的在手術室外等候著；而手術室內，阿杰熟練的將各項器具遞給爸爸，看著爸爸熟練的工作著，讓阿杰從小就夢想自己有一天也要成為像爸爸那樣厲害的獸醫，為動物們解決各式各樣的疑難雜症。

不知從何時開始，阿杰已經很習慣做個獸醫助手，無論是在獸醫院的手術室內，或者是在馬路邊協助協會的義工誘捕流浪動物，阿杰很自然的加入了幫忙的行列。直到有一天，安德突然意識到阿杰還只是個小孩時，阿杰已經學回了許多基本知識，甚至比獸醫系的學生要來的有臨床經驗。阿杰的童年可以說是和動物們一起度過的，他熱衷照顧動物，而幫助動物痊癒的成就感，更是讓阿杰快樂無比。

歷時兩個小時的手術結束後，球球的狀況總算是穩定了。當他們向飼主解釋狀況時，已經是將近十二點的事了。

「阿杰，抱歉，又讓你幫到這麼晚。」

「幹嘛這麼客氣啊！老爸，明天是週末耶！我們可以睡晚一點，而且和大望叔叔是約十點，放心吧！我們有足夠的時間可以休息的。」阿杰像個小大人般說道。

安德感激的看著阿杰說：「走吧！快點沖洗乾淨，我們來去休息了。」

清晨的陽光如同光束射入屋內，經過了昨晚的緊急手術後，安德比平常還要晚起床，他睡眼惺忪的走進廚房，就聞到烤土司與培根的香味，只見阿杰穿著圍裙，熟練的站在瓦斯爐前翻煎著培根和荷包蛋。

「老爸，早呀！」阿杰頭也不回的打著招呼，雙眼依舊專注的盯著平底鍋。

「早，你怎麼不多睡一會兒？」

「現在已經九點了，我也才剛起床，我們快點吃一吃去所裡吧！」阿杰興奮的說道。

每週六早上，到距離市區三十分鐘的收容所照顧動物，是阿杰最期待的事情。

「好……」

安德打了個很大的呵欠，才坐在餐桌前準備享用早餐，等到阿杰就座後，阿德提醒道：「你幫你媽上過香了嗎？」

「有，一早起來就先拜過了。」

每天早上在神壇前供奉一杯茶，以懷念過逝的蕾蕾是他們兩人的例行公事。

「老爸，你覺得老媽會怎麼處理小雪的狀況？」阿杰咬了一口培根說道。

「嗯……大概會把小雪丟給實習醫生，要他們想辦法處理吧！」安德說完，和阿杰兩人有默契的相視而笑，蕾蕾對實習醫生的嚴格是很出名的。

阿杰過逝的母親蕾蕾，和安德一樣是個獸醫生，曾在動物園服務的她，對野生動物有著過人的智慧和獨特的處理方式。

她在動物園為生病的河馬打針時，突然發病昏倒，送醫後被檢查出罹患癌症。蕾蕾病倒時，阿杰才六歲，剛要上小學的年紀，也就是那時候開始，安德將他隨時帶在身邊，所以造就了阿杰現在一副小小獸醫的模樣。

吃過早餐後，阿杰熟練的洗著碗筷，他瞥見安德正在神壇前對著蕾蕾的照片說話。阿杰因為年紀小，對母親沒有太多印象，但每次看到爸爸對著照片說話的模樣，阿杰心裡知道，雖然已經過了六年，老爸還是非常想念媽媽的。

藍白相間的馬賽克磁磚是蕾蕾最喜歡的配色，當初他們買下這棟兩層樓的建築時，就是蕾蕾親手裝潢完成的，即使是現在，蕾蕾的影響力依舊隨處可見，屋內到處都有她的影子，她最愛的沙發，窗台上的植物，或者她留下的專業筆記。她也是致力於動物保育的一份子，留下了許多筆記，有些記載生活隨筆，有些記載食譜，有些則是專業動物知識，安德通常不忍翻閱，怕觸景生情，有些則不得不翻閱，為了研究。

收拾好東西，他們一起開著安德的中古車來到了收容所，一進入所內，一隻巨大的狗隨即撲向阿杰，狂搖尾巴之餘，還用巨大的舌頭為阿杰做免費的洗臉服務。

「波特，好癢喔！哈哈哈！」阿杰開心的抱著大狗喊著。

「終於來了，今天遲到了半個小時耶！」

所長大望穿著灰色連身工作服出來迎接他們。他看起來只有三十出頭，但熟識

的人都知道，大望是個快四十歲的單身漢，因為沒有哪個腦筋正常的時髦女性，願意和一個總是渾身動物味的野人在一起，所以他現在還是孤家寡人一個。

「因為找小雪的飼料有點耽擱了，牠還好嗎？」

「還是老樣子，一直在拉肚子，現在又不肯吃東西了，真不知道之前的飼主到底是餵哪個牌子的飼料……」雪貂很挑嘴，若非吃慣的食物，牠們並不會隨便更換食物。

「還沒適應吧！今天也才第一個星期，還好牠現在已經不會亂咬人了。」他們邊說邊穿越佔了所內大部分空間的草坪，經過辦公區和狗舍、貓園等區域，來到位於所內最後方的小小動物園。

他們稱此區為「小小動物園」，因為裡面收容著各種被棄養的動物，包括一隻猴子、一隻鬃蜥、一隻鸚鵡、一隻鴕鳥，還有一隻最近才撿到的雪貂，就是被暱稱為小雪的新客人，非常難伺候。

這個收容所是大望和蕾蕾、安德三個人一起建立的，剛開始的初衷只是為了收容流浪犬貓，但他們發現被棄養的動物不僅止於犬貓，在蕾蕾的要求下，也開始收容起各種動物。

他們以有限的經費引進了當時最熱門的設備，為了維持獨立經營，大望建設了工作犬訓練中心，訓練收容所內的狗兒們成為各式工作犬，增加認養機會。協會的工作項目除了收容流浪動物，也包括了定期舉辦義賣與認養園遊會；而為了減少流浪動物，提高對動物的同理心與照顧，最重要的工作是至各級學校宣導動物生命教育的概念。這些是安德與大望，還有過逝的蕾蕾畢生的目標。

所內除了兩位行政人員，還有多位排班義工，其中資歷最深的，就是小霖了。他是文學系的學生，卻一點都沒有文弱的感覺，反倒總是很有活力的分享著自己的生活，也因為他擅長寫作與網路通訊，所以協會的官網和訊息，都由他負責發佈處理。

他們來到小雪的籠子前，小雪無精打采的趴在籠內，曾經光滑的毛皮已經失去光澤，像是得了皮膚病的小孩，東禿一塊西禿一塊的。

「牠掉毛掉的很嚴重呢！」

「試試這牌子的飼料，可以幫牠補充蛋白質。我昨天翻了蕾蕾的筆記上寫的，

雪貂似乎比貓咪之類的小動物還需要蛋白質，而且剛換環境，牠壓力應該很大，得要固定陪牠玩耍才可以。」

安德的專長在於犬貓治療，野生動物一向是蕾蕾的專長，每到這時，他就會特別懷念妻子。

「好吧！那把牠移到辦公室好了。再搞不定，我們只好打電話給林老師了。」

林老師是協會的另一位重要成員，他是獸醫學系的資深教授，對於任何動物都有豐富的知識與經驗。

但一提起林老師，他們兩人都相對無言，年過五十的林老師活力充沛，知識豐富，可惜總是愛炫耀自己唸國三的女兒，成績優秀、運動萬能、多才多藝、才貌兼備……必須要有心理準備，先聽他講兩個小時女兒的豐功偉業，才能得到想要的答案，所以他們寧願選擇自己嘗試，也不想「煩勞」林老師。

看完小雪，接著是每星期的例行公事，安德會仔細檢查所有動物的健康狀況。

猴子阿空是兩歲的台灣獼猴，某天早上被遺棄在收容所門口；有躁鬱症的金剛鸚鵡杜邦是在鄉公所前的電線桿發現的，當時牠正在用學來的不雅字眼咒罵那些安

份上班的公務員；還有一隻非洲鬃蜥阿龐，牠在學校的灌木叢邊發現，龐大的身軀驚嚇了不少學童；鴕鳥小寶則是主人因債務而跑路了，留下牠獨自在家，當附近的居民發現飢餓的小寶嘗試破籠而出所發出的哀嚎時，牠已經餓得只剩下皮包骨。

而短暫收留過的迷你鱷魚也曾讓大望不知所措，牠們是在水溝裡誘捕到的。當時有一陣子流行養鱷魚，當流行過了，這些「時髦」的寵物所帶來的龐大開銷，以及無止盡的照顧讓飼主決定在夜黑風高的夜晚，將牠們「放生」，讓牠們潛行進水溝、排水孔，甚至是公園的魚池內。

各種動物被誘捕後送到收容所，大望通常會收容到幫牠們找到肯接收的動物園為止。這些品種不一的動物，一度造成收容所的資源危機，於是安德建議與T大合作，提供場地讓獸醫系的學生能到此實習，而T大提供經費解決糧食開銷的問題。最後留在收容所的都是動物園也無法容納，或者因為脾氣太糟找不到飼主的，這些野生動物讓收容所頗具知名度，但也帶來一些意想不到的麻煩。

收容所內的每隻動物都有自己的故事，大部分都很令人傷心，但安德在對學生講牠們的故事時，都刻意減輕了生命的重量，他不希望嚇唬到孩子們。反觀大望，則是選擇用最真實的方式呈現，希望動物們被遺棄的事實能被重視，並不要再有相同的例子。

「阿杰呢？」列行檢查結束後，兩個大男人才想起小男孩的狀況。

「應該和波特在訓練場吧！」安德頭也不抬的填寫著檢查資料。

「那我去找他吧！也差不多該吃中飯了。」

「那就拜託你啦！」

聽著大望的腳步聲漸遠後，安德獨自摸著小雪破爛的皮毛喃喃自語著：「蕾蕾呀！如果是妳，妳會怎麼做呢？」

正午的陽光照射在草地上，讓草皮閃耀著金黃色的光芒，隨著風，可以聞到草的新鮮味道。在修剪整齊的草地上，有著許多障礙設施，水管、溜滑梯、柵欄等，男孩的身影和一隻大狗奔跑在其中，迅速而俐落，兩人默契十足的動作彷彿心有靈犀。

「阿杰！」大望對著男孩喊道。

「喔！」一個漂亮的翻身，阿杰和波特從溜滑梯上滑了下來。

「叔叔！你看到了嗎？」

「有，我都看到了。波特已經學會快速過欄，只要波特上滑梯的動作再快個兩秒，下次的區域賽，你們要奪冠絕對不是問題！」

阿杰和波特是敏捷犬障礙賽選手，兩人總是在比賽中展現過人的默契。

「太好了！波特！」阿杰興奮的抱著大狗，而波特也狂搖尾巴回應。

「先過來吃飯吧！等等你再幫波特洗澡。」

「喔！波特，你待在這裡，等等我再來幫你洗澡。」阿杰抱著波特的脖子，親了親牠的大頭後說。

波特乖乖的坐在陰涼的門廊前，在那有著牠的飲水器和食物，牠是所內少數放養的狗兒，可以自由閒晃。其他在狗舍的狗兒，通常必須等待排班義工固定帶牠們出來散步。

「小雪的狀況如何呢？」阿杰關心的問。

「還是老樣子，等等你帶牠曬曬太陽吧！」

「好！」阿杰開心的回答著。

畢竟小動物園裡的動物都是少見又有趣的野生動物，為了培養牠們的親人性，大望通常會在安全的範圍內，讓牠們習慣和人相處，或許有一天能找到牠們放心與人類親近的方式。

「啊！大望叔叔，阿聰下午會過來喔！」

「你的同班同學嗎？來過幾次，個子高高白白，看起來有點娘娘腔的那個？」

「那叫斯文啦！」阿杰為好友捍衛名譽。

「好、好，反正到時候就交給你啦！要好好照顧人家喔！」

「好！」

阿杰的每個週末，就在動物、草地與陽光的包圍下，活力充沛的度過。

他的童年和一般小孩不同，沒有爸爸帶著他去遊樂園玩，沒有媽媽陪他去才藝班或夏令營，卻有陽光、草地、辛勤工作以及新鮮的動物知識陪伴著他。

03 純種 vs 米克斯
動物醫學
動物醫學

早餐桌上，阿杰悠哉的吃著吐司麵包；相較於他的悠哉，安德慌亂的整理著公事包，文件散亂在桌上。他狼吞虎嚥的將七百毫升的豆漿一口一口吞了下去，接著迅速將碗筷收進洗碗槽，文件塞進公事包，隨即衝到了門邊慌亂的穿著皮鞋。

「阿杰，我來不及了，晚點學校見，掰掰。」

安德像陣旋風一樣消失在玄關，只見阿杰依舊悠哉的喝著豆漿，好整以暇的將碗筷收到洗碗槽，俐落的洗淨後，他看了一眼牆上的時鐘，顯示著七點十分，他才背著書包走出家門。

今天是安德每個學期一次，例行到阿杰的學校為學生做動物生命教育講座宣導的日期，他通常必須先到協會與其他會員會合後，再帶著助教犬一同前往。每次安德都會忘記時間，如同往常般悠哉的和阿杰一同吃早餐，直到阿杰詢問他，是否要先到協會集合，他才會慌亂的記起要提早出門的事，再像剛才一樣狼狽不堪的衝出家門。

阿杰踩著輕快的腳步走下樓，樓下的診所已經開始營業，今天值班的醫生是安德的學弟小岳。

「岳叔叔早。」

小岳正在為昨晚開刀的球球做檢查，這是安德出門前的交待。

「早呀！阿杰。學長今天要去演講啊？」

「對呀！不過他今天又忘記了。」

「看的出來，他剛剛還接到大望哥的電話，看來所有的人都到齊了，就等他開會了吧！他一定會被林老師唸到臭頭！」

「他們今天要去我們學校。」

「原來如此，你早聽過學長的演講了吧？」

「嗯！五年級的時候聽過了。」

「或許有一天你也會成為講師喔！」

「那當然，我的夢想是跟我爸一樣，宣導動物教育！不然有些人真的很奇怪，養了動物又把牠們丟掉！」一提到棄養，阿杰就露出憤慨的表情。

「嗯！世上什麼人都有。你上學來得及嗎？」岳醫生露出無所謂的表情。他當獸醫只是因為風險小，工作輕鬆愉快，並不打算反對或對抗任何現況，只要不干擾

到他就好了。

「來得及！先走啦！岳叔叔再見。」

阿杰快步跑到了巷口轉角的早餐店，果然看見阿聰坐在裡面吃著漢堡和奶茶。附近則一如往常，有幾個低年級的女生對他投以愛慕的眼光。

「阿聰！」

「阿杰！」阿聰邊吃著漢堡邊看報紙，明明才十二歲，卻一臉老成的樣子。

「你看這個新聞，布萊迪・巴爾要到台灣來耶！」

這位特立獨行的動物保育大使一直是他們的偶像，他在國家地理頻道主持的每集動物節目他們都能倒背如流。

「我知道呀！我爸好像有被邀請去參加會議。」

「那我們可以偷溜進去看一眼嗎？」

「恐怕不行吧！這種研討會不是第一次了，我爸也沒有說要帶我去……」阿杰遺憾的說。

「所以我才說偷溜呀！」阿聰講話比同年齡的學生要來得老練，偶而會讓人有種輕浮的感覺，或許和阿聰家是寵物美容院兼賣寵物用品，媽媽與姐姐都是一級寵物美容師有關。

「昨天的作業你寫完了嗎？」阿杰轉移了話題。

「當然啦！不過習題二我不太確定，你等一下可以和我對一下嗎？」

「那有什麼問題，兄弟！不過你今天要幫我揹書包。」

「對喔！願賭服輸，拿來吧！」阿聰認命的說。

他們倆從小認識，而小學一年級就開始同班到六年級，每天膩在一起，週末阿聰也會主動到收容所幫忙，彼此間已經有了許多默契，包括兩人共同研發的自創遊戲，動物問答。遊戲規則是彼此輪流出題，只要能回答出問題就得一分，得分最多的人獲勝，而輸的人隔天就要幫對方揹一天的書包。

阿聰小時候曾養過一隻吉娃娃，後來生了少見的疾病，是阿杰帶著吉娃娃回家給安德求診才救回了一條命。從此兩人建立了革命情感，形影不離，兩人決定未來要為動物生命教育獻身。阿聰只要看一眼動物的體型，就知道牠所需要的飼料品種和營養成份；有時也會根據口氣和皮膚狀況判斷。

他的口頭禪是「要不要到我家來？可以幫你打折喔！」畢竟是寵物店小開，商人本色從小耳濡目染，他甚至將看狗的眼光運用在看人身上，用各種不同的態度對待不同性格的人是他的專長。

他們約定要用各自的專長幫助流浪動物，阿聰負責找資金和人脈，而阿杰則負責治療和研究，結合彼此的專長，讓台灣成為善待動物的模範國家是他們共同的夢想。

「今天可以見到波特喔！」

等阿聰吃完最後一口漢堡，喝光奶茶後，他們兩人也加入了上學學童的行列，往學校大門前進。阿杰今天特別輕鬆，空著手，而阿聰揹著兩個人的書包，腳步沉重，兩人幾乎每天比賽問答，輸贏通常不相上下。

「喔！你爸和大望叔今天要到學校來呀！」

「對呀！不過你知道，他們的演講通常會安排在五年級的課裡面，所以我們要另外去找他們。」

「畢竟去年上過了嘛！」

就在快接近校門口前，他們看見一台閃亮黑頭賓士轎車顯眼的停在路旁，擋住了大部分學童的路，轎車旁站著兩個男孩，畢恭畢敬的等著要幫下車的人拿書包。

「欸！你看。」阿聰伸手比了比轎車。

「喔！今天也是轎車接送呀！真想知道如果沒有接送，他有辦法從自己家到學校嗎？」阿杰不以為然的說。

「可能沒辦法喔！」阿聰裝出一臉遺憾的表情說：「畢竟有些人的腦袋裝的東西就是比較少一點。」

「我們快走吧！不要一大早就破壞了好心情。」阿杰說道。

他們加快腳步繞過轎車而行。路邊有些學生露出羨慕的表情，有些則明顯露出不耐煩的表情看著從車上下來的司機，繞過車子邊行禮邊為後座開門。

一個穿著高級POLO衫，馬褲和名牌球鞋，模樣清秀的男孩從轎車裡走了出來，他連書包都和其他學生不一樣，是用真皮材質做成的公事包。

一旁的兩個男孩，阿成與阿實趕緊接過男孩遞過來的書包，他們的家人都在清秀男孩家工作。

男孩的父親是國際知名敏捷犬比賽的權威，他們家也同時經營著赫赫有名的純種狗場，舉凡各項國際大賽都有他們的足跡。男孩的父親經常在國外辦公，為了彌補兒子，他給予了許多物質照顧，轎車與名牌書包就是其中幾項。

阿杰低著頭加快腳步通過名牌男孩，可惜還是不夠快。

「阿杰，早呀！」名牌男孩大方的和阿杰打著招呼。

「哈囉！柏凱。」

「你今天早上的騷味比平常淡耶！是昨天阿聰有用寵物沐浴乳幫你洗過嗎？」附近的女生聽到都笑了出來，阿杰臉色微紅，阿聰則機靈回道：「如果你有需要，我可以給你打個折，不過你身上的銅臭味太重，一罐可能洗不掉，大概要用掉一打吧！」

被叫做柏凱的名牌男孩臉色鐵青的說：「我有跟你說話嗎？沒禮貌的傢伙。」

「看來你不只需要沐浴乳，還需要口氣芳香劑，看在你家有錢的份上，我可以免費宅配，不過要買兩箱才有優惠喔！」阿聰不為所動，繼續推銷產品。

「阿聰，我們走吧！快要趕不上打掃了。」阿杰趕緊拉著阿聰離開。

阿聰表面上看起來斯文，但其實很喜歡耍嘴皮子，他可能會一直說到柏凱氣得吆喝他的兩個跟班動手打架為止。就像上次一樣，他們都被抓進了輔導室裡寫悔過書，只有柏凱沒事，而阿杰已經答應過老爸不再鬧事了。

校門口旁已經開始聚集想看好戲的學生們，因為阿杰與柏凱兩個都是學校的知名人物，一個是知名保育協會負責人的兒子，一個則有著狗場大亨的老爸，他們的關係就和他們的志向一般，壁壘分明，而且針鋒相對。

「一天到晚和雜種狗混在一起，難怪說的話也沒什麼水準。」柏凱繼續出言諷刺，一點都沒有住口的打算。

「你說什麼！」一聽到雜種，阿杰就比阿聰還要衝動，完全忘了和安德訂下的約定。

「難道不是嗎？你們狗場的狗沒有一隻有優良的血統吧？我看呀！雜種狗本來就沒有生存的價值，也只會浪費飼料而已，所以才會被丟掉。你們為什麼不趕快讓牠們安樂死啊？也可以幫世界清除垃圾呀？」

「那不關你的事，有個有錢老爸了不起啊！」阿聰生氣的反駁著。

「我爸可是靠實力賺錢的。當然啦！這些實力是你們這種平民不懂的啦！只有真正純種的狗才有價值。我爸還滿欣賞杜大望的，真可惜他不能來我家訓練狗，留在你們狗場真是浪費人才。」

阿杰衝動得想要揍人，而阿聰也舉起了拳頭，但導護老師終於注意到騷動，走過來察看。

「你們在幹什麼？」

見到老師過來，柏凱趕緊示意身邊的阿成與阿實快點離開。

看著他們三人的背影，雖然沒有造成衝突，但阿杰知道，待會在教室還是會碰面的。柏凱與他們同班，阿杰曾經因此很不想去學校，但想到有阿聰支持著他，他才打消逃學的念頭。

阿杰第一次見到柏凱是在收容所的訓練場，那時他們都還只有十歲，柏凱和他的爸爸像往常一樣穿著名牌套裝站在大望身邊，要求大望為他們家訓練賽犬，但大望因為工作繁忙而拒絕了。後來阿杰才知道，原來柏凱也是同所學校的學生，而且從那時候開始，柏凱在學校就不斷找阿杰麻煩，將被大望拒絕的事情牽怒到阿杰身、上。五年級他們被編在同一個班級後，兩人更是水火不容，只要一碰面就吵架。

附近圍觀的學生看到好戲已經結束，也紛紛散開各自回到教室去了。

「走吧！阿聰。」阿杰沮喪的說：「我答應過我爸，不要再和柏凱起衝突的，沒想到還是吞不下這口氣……」

「別在意，如果我是你，我也會這麼做的。」阿聰安慰的說道。

一年一度的動物保護協會宣導課程在古島小學裡已經是例行公事，通常為期一個星期，讓五年級所有學生都能上到課程。今年依舊是大望和安德帶隊，而宣導期間，學生每天都能和不同的「動物助教」相處，學習與動物相處的禮節與知識。

擔任動物助教的狗兒必須是收容所內最親切健康、成熟有禮貌的狗兒，習慣與人相處，又能引導學童開心玩樂，得要有這樣的「犬」格特質才行。波特就是其中的佼佼者，從搜救工作犬退役後，波特就轉職為助教犬，開啟牠的事業第二春。

五年級的教室裡，安德已經介紹完飼養寵物的基本概念，現在正站在講台上介紹著助教波特。

「波特擔任助教已有多年的歷史，牠是米克斯種，父親是拉不拉多，母親是黃金獵犬，遺傳到雙親的體型，波特站起來甚至比你們的身高都還要來的高，但卻也有父母雙方的性格，溫和有禮。等等各位可以和波特接觸，讓牠引導你們，到目前為止有什麼問題嗎？」

「老師，什麼是米克思？」一個學生舉手問道。

「這是英文Mix的讀法，意思是指由兩種不同的品種狗兒繁衍的後代。」

「我媽咪說流浪狗很髒，都是雜種狗，不可以餵牠們，因為牠們會把垃圾都翻得亂七八糟的！」一個小女孩舉手問道。

「所以我們才要減少流浪狗，讓每隻狗狗都能有可愛的家呀！」面對各項刻板印象，安德有耐心的回答著：「待會各位可以和波特接觸，讓波特教你們如何和動物相處。」

「我們為什麼要一隻狗來教啊？牠只是狗兒而已呀？」

「動物能教我們的事情比各位想像的還要多，相信各位與波特接觸後，就可以體會到了。」

一一回答了學生們的困惑後，就是所有孩子們最喜歡的接觸時間了，這時的波特已經蓄勢待發，要好好讓他們了解自己的魅力了。

「剛剛和各位介紹過了波特，現在就是開放波特給各位接觸的時候了。各位不要小看助教犬，牠可是經過層層考驗才有資格坐在課堂上的，必須經過訓練才能長時間待在定點喔！」

小朋友們各個興奮難耐，一一按照指示上前和波特打招呼，而一旁則有義工協助小朋友與波特互動。

「請各位以排為單位，一排一排來和波特互動吧！」

「牠的毛好軟喔！」

「大家要輕輕摸，然後觀察狗狗的反應。」

一個小男孩調皮的抓了波特的尾巴，波特馬上低嚎了起來。

「像這樣讓狗狗很不舒服，牠就不會信任你了。」義工讓調皮的男孩先看其他同學如何與波特互動。那個男孩看到波特在其他同學輕柔的撫摸下，和大家自然的相處著，他感到很羨慕，終於又輪到他時，他模仿其他同學輕柔的摸著波特的毛，

即使是尾巴波特也讓他摸了，男孩充滿成就感，開心的笑著，這次的課程很順利的結束了。

「醫生，謝謝你能來。」走廊上，輔導老師開心的和安德聊著。

「哪裡，協會才要感謝學校，讓我們持續宣導理念。」

「這是應該的。對了，我有個提議想和你商量一下。」

「我們都是老朋友了，你就直說吧！」

「其實我們輔導室想要安排一個戶外教學的參觀課程，讓學生到協會的收容所參觀體驗。你覺得如何？一來是因為你們協會的收容所名聲很好，規畫也做得很妥善；二來，我們想讓學生有獨立思考的精神，接觸多元的機構。」

聽完輔導老師的企劃，安德深深敬佩著古島小學的老師們，教學認真，舉辦了多元的社團和體驗活動。他知道某些學校的老師們規畫活動，很多都是為了向教育部訂定的規則交差，但這個學校的老師則以認真辦學著名，即使必須假日加班或附加許多責任，他們還是很願意規劃各式活動，就是為了讓學生有所成長。

「我們協會將全力支持協辦，請放心吧！」安德豪邁的答應了。

「有你這句話，我就放心了，那我們先來討論一些細節吧！」

午休時間，在學校的花圃旁，波特正由義工照料著。

經過了早上那段不開心經驗的阿杰也來到了花圃，開心的朝波特奔去，波特如往常對阿杰展現最熱情的一面。

眾人圍繞著波特玩耍著。

「不過就是隻雜種狗，臭死了。」不知是故意或是碰巧，阿凱也出現在學校的花圃旁，阿成與阿實如隨扈般忠心的跟在他身後。

「你說什麼？」

「要我多說幾遍也行，雜種狗臭死了！」波特彷彿聽得懂人話般，原本搖著的尾巴壓低了下來，耳朵靈敏的豎起，擺出警戒姿態。義工也認識社區有名的狗場大亨獨子，他輕摸著波特的頭安撫牠，並保持風度的將波特帶離現場。

「哼！沒種的膽小鬼。」

波特經過柏凱時，柏凱伸起了腳踹向波特的肚子，但波特靈敏的閃過並回報了

柏凱一個後踢，讓柏凱跌了個四腳朝天，一旁的學生都笑得樂開懷。只見柏凱臉色陰沉，快速的爬了起來準備再踢波特一腳時，「這不是柏凱嗎？」大望不知何時出現，站在大家身後問道。

「杜大望，你來的正好，這隻狗笨死了，如果你來我家，一定可以教出最優秀的純種狗冠軍！」

「謝謝你，柏凱。不過如果你不改變對待動物的方式，就算我有空，也不會幫你們家工作的，我要先帶波特回去了。阿杰，別放在心上！」

大望向阿杰眨眨眼睛，留下憤恨不平的柏凱，覺得大快人心的阿杰和其他各有不同體驗的孩子們。結束了例行的課程，大望與安德打道回府，開始著手體驗課程的安排。

經過白天的折騰，阿杰回到家時，憤恨的向安德抱怨柏凱的種種惡行。

「他竟然一直說波特是笨狗耶！什麼嘛！」阿杰用力的摺著衣服，彷彿和衣服有深仇大恨般。

安德只是默默的點點頭，安靜的聽完後問道：「那你有和柏凱起衝突嗎？」

「差一點……」阿杰慚愧的說。

「阿杰，你做的很好喔！」

「真的嗎？」阿杰意外的問道。

「真的呀！你有遵守約定，答應我沒有和柏凱起衝突了。」

聽到安德的鼓勵，阿杰露出了靦腆的笑容，突然覺得柏凱一點都不可惡了。

「有件事想問你。」將摺好的衣服放進衣櫥後，安德問：「你有興趣擔任收容所的導覽義工嗎？」這是安德今天與大望兩人討論出來的結論，希望阿杰有機會能成為同儕間的模範。

對於安德提出的意見，阿杰露出驚喜的表情說：「我可以嗎？」

「嗯！我相信你和阿聰都有能力，你們對收容所的了解和熱誠，對同年齡的學生而言，是很好的正面示範。」

「阿聰也可以嗎？」阿杰興奮的追問。

「嗯！我們也有打算邀請阿聰，當然也要阿聰願意才行。」

「YES！」阿杰開心的在地板上跳著，沒想到他這麼快就有機會參與宣導工作，他覺得自己的能力被認同了，他們又向夢想前進了一大步。

「這真的太酷了，老爸，謝謝你！」

晚上睡前，阿杰開心的在床上翻滾著無法成眠，他期待著能為其他人一同介紹他最喜歡的動物們，還能和好友一起為未來的夢想做演練，他覺得自己是如此的幸運，一切是如此的順利。

夜晚，當收容所內所有的狗兒都安眠時，一陣人耳聽不到的聲音干擾了這個寧靜的夜，那高頻刺耳的聲音讓所有狗兒都開始不安的狂吠著，連睡在屋內的波特也一樣焦急的想出門探看。一邊安撫著波特，原本睡在宿舍的大望趕緊到狗場察看，卻怎麼也無法撫平所有動物的騷動，甚至連小小動物園都發出了掙扎的聲響。大望直覺前往大門探看，黑暗中，他看見一個人影閃過。當大望回到狗舍，狗兒們才逐漸靜下心來，不再焦慮的四處亂竄了。

「怎到底是怎麼回事呢？」大望不解的望著黑暗的夜空喃喃自語。

04 一日義工體驗
動物醫學
動物醫學

艷陽高照的晴朗天空，呼應著心情愉快的戶外教學團，這是古島小學輔導室為高年級學生舉辦的一日體驗活動中的其中一項體驗。在這戶外教學日，學生可以自行選擇要參加的項目，有一日小小藝術家體驗、一日義工體驗、一日圖書館體驗，而阿杰和阿聰兩人在安德的安排下，理所當然選擇了義工體驗。安德請他們協助擔任導覽義工，用意是希望能夠建立起小朋友的觀念，保護動物並非只有大人才做得到，和他們同年齡的阿杰和阿聰就是很好的典範。

令人意外的是，柏凱和他的兩個忠心隨扈也選擇了義工體驗，阿杰的心中感到有些不安，擔心柏凱另有目的。

「請各位先到長廊下集合。」義工小霖引導著學員們集合。這天氣候悶熱，許多人聽到可以到室內陰涼的地方歇息，就開心的加快了腳步。

初次到收容所的小朋友們，將在小霖的帶領下到簡報室集合，並一同了解收容所的運作與規模。這個體驗營的人數是四十人，一開放報名就額滿了，意外的受到學生歡迎。

大望已經在簡報室內做好了投影片播放的準備，當四十位學員抵達時，他從容

的自我介紹著。

「歡迎各位的參觀，我是所長杜大望，很高興能有機會與學校合作安排這次的活動。我們先為各位簡單介紹一下協會與收容所的基本運作模式，之後再帶各位參觀，你們將有機會近距離接觸許多的動物。」

聽到能接觸動物，學員們都興奮了起來。

「所內最多的還是小狗和小貓，不過我們有個小小動物園，待會也會帶各位參觀。」

「我們的全名是動物保護協會附設收容所，所內目前有辦公區，就是各位現在所在的這棟建築物。」

大望邊播放著投影片邊講解，在有冷氣又舒適的簡報室，他有點擔心學員會打起瞌睡來。

「還有最重要的狗舍。」

投影幕上出現了幾張狗舍的照片，那是個半開放空間，沿著圍欄建有長廊，四周種植著高大的綠樹，樹下趴著許多乘涼的狗兒，各種品種都有，大部份是米克斯

種。有些照片裡還有義工正在清洗和餵食的模樣。

「待會各位就可以實際去參觀了，然後是工作犬訓練中心、協會的營利部門，資金來源之一。我們有個小型的訓練場，狗舍內的狗兒也會由義工們定期帶到那散步。」

「這是貓園。」

照片上出現了一個大型獸籠，獸籠裡有許多架高的樹枝，通天的木板夾層，都是為貓咪量身製作的活動空間。

某些女孩看到貓咪，紛紛尖叫起來：「好可愛！」

注意到她們熱情的反應，大望趕緊提醒自己，待會要阿杰和阿聰特別提醒學員遵守貓舍的規則，甚至乾脆縮短貓園的參觀時間，否則一屋子受驚嚇的貓咪，大望不確定自己是否應付得來。

「這是隔離區。」

照片上出現了包紮著傷口的動物們，有些少了一隻眼睛，一條腿，有些沒有皮膚，大望特別挑了幾張比較溫和的照片，但還是嚇到了部分學員，連一直在後面睡

覺的柏凱三人組，都露出了不忍的表情。

「收容所的主要工作，就是收容無人照顧的流浪動物，有些動物被發現時，健康狀況已經很糟糕了，所以牠們需要獨立的空間好好休養身體。」

「牠們……會好起來嗎？」有個女孩怯生生的舉手提問。

「大部分都會。」大望露出讓人安心的微笑說道。

「所以有少部分不會囉？」有個男孩敏銳的聽出大望的言外之意。

「的確是的，並非每個動物都能幸運的送到收容所，並且在義工的照料下恢復健康，即使恢復了健康，接著牠們必須開始等待……」

「聽說有些收容所會安樂死？」有個早熟的女孩提出了這個問題。

「是的，大部分的公立收容所都會，所以各位若在街上看到捕狗隊，就知道被捕的狗兒或許很快就會被排入安樂死程序。」大望遺憾的說：「但本所沒有這個程序，我們讓狗兒等待領養，如果持續沒有人領養，牠們就會一直待在狗舍生活。」

聽到大望的說明，有些孩子發出鬆了一口氣的聲音。

「不過大部分的動物還是希望能找到一個專心疼愛牠的飼主，畢竟本所雖然提

供了基本的照顧，卻還是無法讓每個動物在精神上都獲得滿足……」

原本就很陰暗的簡報室，現在更瀰漫著一股低迷的氣氛，大望趕緊進行下一個介紹。

「這就是剛剛跟各位提到的，小小動物園。」

投影幕上出現了小小動物園的園區照片，一看到照片，所有學員又紛紛發出興奮的聲音，他們看到了不可一世的鴕鳥、烏龜和小鱷魚，還有猴子與蜥蜴。

「有些動物已經送離了動物園，只要有更適合牠們的住處，協會就會安排牠們離開，可能是動物園，或者某些私人機構。」大望不意外的聽到學員發出惋惜的聲音。

「最後，要向各位宣傳一下我們協會的網站。」在投影片上出現了協會的網站頁面。

「各位看到的這個網站，就是由站在最後面的小霖架設的。」學員們紛紛回頭探視。

聽到自己名字的小霖，靦腆的和大家揮揮手。

04 一日義工體驗

「網站上有我們協會的各項資訊與連絡方式，都會定期更新，各位有興趣可以上去觀看。」

「最後，協會還附設有兩間宿舍，讓排班和值夜的工作人員居住，不過……」

「為什麼要值夜啊？」

「因為有的時候，收容所內會有剛出生的小貓或小狗。如果牠們的媽媽死了，又沒有其他狗兒可以充當保母，提供母奶，就會需要義工餵食奶粉沖泡的牛奶。通常每四個小時要餵食一次，所以就必須安排夜班的義工。」大望仔細的說明著。

聽到這麼辛苦的工作，學員們都發出了驚呼聲。

「通常擔任夜班義工的就是本人，所以有間宿舍是我專用的。各位可以想像到的單身男子邋遢的一面，都呈現在宿舍裡面，所以無法帶各位參觀，還請各位見諒。」大望幽默的結束了園區介紹，讓學員們又是一陣歡笑。

「協會預計在收容所內設立醫療區，目前的醫療服務，是由協會會長李醫生負責，相信家裡有養寵物的人應該都很熟悉，就是崇恩獸醫院的院長。」

聽到安德的名字，阿杰默默的感到驕傲起來。

「目前本所裡有一百二十六隻狗兒、三十五隻貓咪以及少數野生動物。」

「哇！」每聽到一個新的資訊，所有的學員就發出驚訝的呼聲。

「這麼多狗兒要怎麼照顧啊？」

「我們有徵求排班義工，所以每天都有不同的大哥哥和大姐姐會一同幫忙照顧。在這邊的小霖哥哥就是其中之一，待會有任何問題都可以問他。」

「那狗兒如果增加了呢？」

「協會每個月會定期在公園舉辦義賣園遊會和認養活動。」

「我知道！」一個綁著辮子的小女孩興奮的說：「我們家的小秋就是從那邊領養的！」

「我表姐家也是！」提到與他們的生活有關的細節，小朋友們就興奮的爭相分享著。

「以上就是我們協會和收容所的基本狀況，接著讓我們歡迎今日的特別導覽員，各位都認識的阿杰和阿聰。他們將帶領各位參觀所有設施，最後還有工作犬的障礙賽表演喔！祝各位有個愉快的一天。」

許多學員都鼓掌歡迎，但阿杰看到坐在最末端的柏凱三人組毫不掩飾的打著呵欠，敷衍的鼓著掌。

「那現在就請各位到走廊集合，我們的參觀要開始囉！」

這是阿杰第一次當導覽，等到大家都集合完畢後，他和阿聰兩人害羞的站到隊伍最前方。

「請各位先分成兩隊。」

聽到要分組，所有學員又是一陣慌亂，擔心沒跟到自己想參觀的行程。

「別擔心，兩隊的行程都一樣啦！只是錯開了出發的時間，讓你們每個人能能參觀到全部地區！」

聽到阿聰的解釋後，大家才放心的拆成兩隊，一隊約有二十個人，阿杰毫不意外的看到柏凱和跟班們加入了他的導覽隊伍。阿杰預計按照先前的演練，依序帶著隊伍參觀了狗舍、貓園、隔離區、小小動物園，最後抵達工作犬訓練區後，再回到簡報室。

阿杰深吸了一口氣，忐忑不安的帶隊出發了。

他們先來到了狗舍，其他義工已經準備好狗舍的體驗活動。為了讓學員們與動物有更多互動，他們挑選了幾隻特別親近人的狗兒，讓學員可以自由認領，體驗散步和清理排泄物等飼主工作。

「這是狗舍，如各位所見，目前有一百多隻狗兒在這裡生活，等待領養。平常會有義工會帶牠們出去散步……那今天就請各位充當狗狗的一日飼主，選一隻和你特別有緣的，並領取一個塑膠袋和小夾子……」

阿杰笨拙的示範著塑膠袋和夾子的用法，所有學員都笑了起來。大家的笑容讓阿杰感到輕鬆許多，不再那麼緊張，他也跟著不好意思的笑著說：「嗯……反正大概就是這樣，只要你負責的狗狗便便了，請務必要用夾子挾起來，回收這些寶貴的黃金喔……」

認真做完所有介紹後，他提醒注意事項：「散步的時間大約是三十分鐘，時間到了之後，請帶著你的伙伴回到這邊集合喔！」

在阿杰示範的期間，柏凱他們完全保持沉默，甚至乖乖的選了一隻小狗去散步，讓阿杰逐漸鬆懈了下來。他想，或許柏凱他們真的只是想參觀收容所，他對他

們的成見太深了，阿杰默默的反省自己，要求自己改變想法，不要任由刻板印象作祟。

狗舍的散步體驗順利完成，除了有個學員不小心摔倒，被狗狗舔了滿臉口水以外，阿杰覺得自己越來越得心應手。和剛出發時的緊張相比，他感到自己充滿自信，可以驕傲的勝任導覽工作。

到了貓園，同樣有陪伴貓咪玩耍的互動體驗，阿杰謹記大望的提醒，再三強調了園區體驗活動的規則。

阿杰認真示範了與貓咪互動的許多小技巧，介紹貓咪的肢體語言，慢慢眨眼睛就是一項簡單又有用的方式，可以告訴貓咪牠受到喜愛。

「貓咪和小狗不一樣，牠們通常不會主動親近陌生人，請各位在互動區耐心等待。」

阿杰指著一間比較小，有許多座椅和活動跳台的房間說：「各位待會進入互動區，請先找個位置坐下來，然後自由從工具籃裡拿想要互動的玩具……」

阿杰將玩具籃分發下去，裡面裝著各式貓玩具、梳子等用品。

「等到有貓咪願意接近各位了，各位再慢慢與牠玩耍……這邊為各位介紹的，是由凱特小姐帶領的五隻小貓，牠們都是親近人、脾氣又溫和的貓咪。」

有著藍灰色亮毛的凱特小姐被義工抱了出來，後面又陸續有四隻小貓從貓園裡出來。

學員們按捺住想上前擁抱的衝動，非常聽話的坐在互動區等待向願意親近的貓咪們示好。

阿杰觀察著比他早出發的阿聰進度，阿聰的隊伍似乎出現了一些小問題，自願加入阿聰隊的都是女孩子，而那個隊伍從頭到尾都發出很多的歡呼聲，讓阿杰納悶著，到底阿聰做了什麼有趣的解說，這麼吸引人？

他分心的偷聽著阿聰的解說。

「這邊就是隔離區啦！就是收容所準備給需要康復的動物使用的地方囉！」很普通的介紹呀！為何大家那麼興奮？阿杰百思不得其解。

終於，阿杰帶著隊伍來到了所有人期待的小小動物園，他們先在院外介紹了裡面居民們的各種習性，阿杰提醒著大家務必要安靜和遵守規則。阿杰最緊張的莫過

於動物園的導覽，園內的動物都曾遭人遺棄，他擔心會驚擾到動物，甚至也驚嚇到學員。

雪貂小雪的狀況比上個星期要來得好，安德覺得可以嘗試讓牠與人接觸，特別將牠移到動物園；而鴕鳥小寶則先被移到了其他地方，雖然小寶個子長的大，卻也如同牠那小小的腦袋一樣，沒什麼膽量，是很容易受到驚嚇的鳥兒。聽到看不到鴕鳥了，所有的學員都露出了失望的表情。

「但各位還是看得到猴子阿空以及雪貂小雪，請各位一定要安靜的欣賞牠們，牠們都很容易受到驚嚇！」阿杰趕緊安慰著失落的眾人。

「喔！原來這邊還有一個動物園啊！上次我來都沒看到呢！」柏凱難得發表了意見，阿杰緊張的注意著他，他卻沒有更進一步的表示或動作。

學員們魚貫進入了動物園，安份又欣喜的享受著近距離接觸野生動物的樂趣。午後的陽光透過樹梢灑進園內，雖然園內比平常還要來得擁擠，卻又能感到一股體貼的靜謐。

學員們盡量壓低音量，展現成熟的態度，而阿杰驚訝的發現，動物們都比他原

本以為的要來得親近人類。

連阿杰最緊張的動物園都安然度過了，他現在完全放鬆了，一切果然是自己在幻想，柏凱只是想參觀收容所而已。

最後的行程是讓兩支隊伍一同在訓練場集合，由波特和阿杰共同表演一段敏捷犬障礙賽。收容所的訓練場一直是讓狗兒們能更容易找到新飼主的最大功臣，他們一致認為一定要介紹此地，狗兒們可以在此展現牠們的各項能力，只要飼主願意花耐心去挖掘。

義工們也在此花費了大量的時間陪伴狗兒，保持牠們的健康與運動量，協助狗兒找到「一技之長」。大望認為，只要有耐心，所有的狗兒都有機會展現自己的能耐，而且狗兒永遠都是人類最忠實的夥伴。

「讓我們歡迎波特和阿杰！」比阿杰早五分鐘到訓練場的阿聰誇張的介紹著。

「大家都知道，阿杰從小在這邊長大，而波特就是他最好的搭擋，他們彼此間的默契可是無倫比的喔！但最重要的，其實所有的人都可以和他們的寵物建立起無與倫比的默契，只要抱著耐心和愛心！只要有愛，一切都不是問題！」

阿聰一介紹完，馬上獲得了女孩們的尖叫。

「那麼，讓我們掌聲歡迎阿杰和波特為我們帶來的障礙賽表演吧！」

阿杰和波特已經完全準備好，他們默契十足的一同出發完成各項障礙。

「哼！也不過就這樣嘛！」

柏凱看著阿杰與波特的身影，不屑的說道：「走吧！我們還有事要做呢！」柏凱率領著跟班們偷偷離開了隊伍。

當阿杰與波特共同跑完了全程回到終點，阿杰都沒有發現到不對勁，直到他和波特獲得了眾多掌聲，他才想起柏凱竟然沒有發表任何評論呢！阿杰趕緊在人群中尋找柏凱，卻完全沒有看到柏凱三人組的身影。

「非常感謝各位這次的參觀。接下來呢！讓我們一起回到簡報室，帥氣的所長大望叔有些紀念品要給各位……」

「阿聰，你有沒有看到柏凱？」

「誰管他去哪……」阿聰才脫口而出就發現自己說錯話了。

「沒有耶！你沒說我還沒注意到，是去廁所拉肚子了嗎？」

「我也不知道，可是我有不好的預感……」

「我們還是先帶大家去找大望叔，跟他們說這件事吧！」

「好吧……」

他們領著隊伍回到簡報室，卻發現一身狼狽的柏凱三人組已經在裡面了。他們渾身散發出惡臭，而比較膽小的阿成還哭著說要找媽媽；柏凱則一臉鐵青，看到大家，他的臉更是一陣紅一陣白。

因為那身惡臭，沒有人敢靠近他們，紛紛圍在旁邊觀望著，彷彿他們也是動物園裡的動物一般。

「大家回來啦！」大望叔叔正拿了幾條毛巾給他們，然後請義工領他們去洗手間清洗。

他們經過時，所有人都用手摀著鼻子快速讓出了空間，而柏凱的表情氣憤，卻還是把下巴抬得高高的對阿杰說：「你和那雜種狗的三腳貓表演無聊死了，那點工夫還敢拿出來現。」一身狼狽的柏凱露出嘲諷的微笑：「我家的賽犬隨便一隻都比你和那隻雜種狗好！」

「你說什麼？」

「就像我說的那樣，要不是因為你們的表演太遜了，我也不會分心，都是你們的錯，什麼爛地方嘛！」

「好啦！快點去換個衣服洗一洗，我已經通知你們的家長了。」

目送柏凱他們離去的背影，阿聰才代表眾人驚訝的問：「大望叔叔，他們掉到馬桶裡啦？」

「不是……這剛好是給各位一個機會教育的時間，請各位先坐好。」

「可是這邊好臭！」綁辮子的女孩抱怨道。

「好吧……那我們到外面去好了。」大望無奈的說，他開始煩惱要讓室內的味道散掉需要多少時間了。

所有人聽到指令，彷彿得到解脫般衝出了簡報室。

在戶外陰涼的大樹下集合完畢後，大望才向大家解釋了事情原委。

「他們三個人偷偷跑到動物園，根據他們的說法，他們迷路了……」

「所內才這麼點大，怎麼可能迷路。」

「嗯……不管原因是什麼，反正他們晃到了動物園，似乎想找阿空玩，所以他們把阿空放了出來，結果阿空一出來就朝他們丟大便……」

「所以那是猴子大便的味道呀！」大家露出恍然大悟的表情。

「是的，還好阿空沒有攻擊他們。」

「那只是猴子而已，有什麼關係呢？」某個男孩天真的問。

「這就是要提醒大家的了，不可以小看野生動物。猴子的臂力比一個成年男子還要大，如果牠們想扭斷你們其中任何一個人的骨頭，都可以輕易做到。還好阿空沒有那個意圖，只是惡作劇而已……」大望明顯鬆了一口氣。

聽到大望的說明，學員們都暗自倒抽了一口氣，慶幸自己沒惹惱阿空。

「好！」大望振作起精神說：「今天的體驗就到這裡了，很謝謝各位的參加，也請各位給兩位小小導覽義工掌聲鼓勵！」

阿杰和阿聰雙頰泛紅，在大樹下站得直挺挺的接受掌聲，阿杰和阿聰兩人開心的互望著對方，驕傲的發現他們又朝夢想邁進了一步。

05 失控園遊會
動物醫學

古島公園內人聲鼎沸，每個月固定舉辦的認養園遊會一向深受社區居民喜愛。可惜即使有可愛的動物，依舊還是有反對的聲音，例如住在公園附近的部分居民就不喜歡園遊會帶來的人潮和噪音，還好安德平日建立的聲譽能幫助他們維持認養活動，達到與附近居民相處的平衡。

「阿杰呀！今天要在阿空的籠子外貼上緊告標語，提醒民眾保持距離喔！」

「喔！」正和阿聰忙著整理標語的阿杰回應。

每個動物的籠子上都貼有牠的各項基本資料、性格、喜好以及牠的生命故事，提醒每一個遇見牠的人，牠不僅是隻不同於人的物種，牠也有與人類相同的情感與故事。

阿空的標語上寫著：

「我叫阿空，有一天，我被獨自留在保護動物協會的收容所外頭，我的身上有多處咬傷，營養不良許久。我大約五歲，是個男生，換算成人類的年齡大約是二十歲，我的前飼主不知為了什麼原因拋棄了我。剛到收容所，我不太信任人類，我曾

想咬傷幫助我的醫護人員，但卻因太過虛弱而作罷，直到我感受到了被醫護人員們照顧、尊重、愛與信任為止，我才不再想攻擊人。

我很需要尊重，如同一般人，所以請不要拍打我的籠子，或者隨便拿東西給我吃，我只吃信任的朋友準備的食物。如果不抱著尊重的心態接近我，我會朝你們丟大便，如同最近我受到驚嚇，於是朝著對我惡作劇的人丟了滿身大便一樣，我可是一點都不覺得慚愧，畢竟那也只是我獨特的自保方式。

請不要隨意戲弄我，我和人類一樣，有自尊心以及需要被關愛。」

「李醫生，這隻猴子會丟人大便呀？」某個居民看完後好奇的問道。

在撰寫動物們的檔案時，安德一向無所保留，無論動物們的習性是好或壞，都如同人一般有著不同的性格與經歷。

「是的，某些猴子在不安的時候會有這樣的舉動，阿空就是。」

阿空的柵欄一如往常，總是有許多人有興趣觀看牠，但因為標語上生命故事的內容讓民眾多了幾分警戒，不敢隨意接近阿空，而阿空也樂得自在。

「那好恐怖喔！這樣怎麼會有人敢養牠？」

「所以我們才會事先提醒希望成為飼主的人們要有心理準備，動物和人一樣，有不同的個性、脾氣。」

「李醫生，你想太多了啦！大家還不是因為小動物可愛才養的，哪有人是為了自找麻煩呀！又不是養小孩。」

安德露出包容的微笑，不厭其煩的陳述著動物生命教育的理念：「其實養寵物和養小孩都是一樣的，只是寵物的壽命比較短，語言不同，但一樣需要互相了解和包容，更需要愛心和耐心。」

「這麼麻煩喔？」

「不麻煩，動物們可以教我們很多事情，也可以帶來許多的歡樂，當我們和動物建立起關係後，還會得到許多成就感。不過，因為猴子是群居動物，除非能讓阿空和其他猴子一起生活，否則我們是不會讓牠隨便被領養的。」

要向協會領養動物，必須經過登記與認證，確認新飼主的決心與能力足夠負擔寵物的一生，而非一時興起。

為了讓民眾建立起負責任的概念，許多動物的柵欄上除了生命故事外，還細心貼著寵物領養守則，例如狗狗們的就有五點：

一、狗兒壽命約是十至十五年，請確定你已準備好與牠相伴這些年。
二、狗兒需要足夠的空間，請確定你能提供牠所需的空間。
三、狗兒需要定時陪伴，請確定你能有耐心的為牠付出關懷。
四、狗兒的運動量很大，請確定你能定期持續的陪伴牠玩耍。
五、狗兒也和人一樣會生病，請確定你能負擔當牠生老病死時的醫療費用。

每次舉辦領養，收容所都會確認飼主願意承諾以上的條件才會同意認養。除了阿空，這次參「展」的還有鸚鵡杜邦和蜥蜴阿龐，安德一向會安排不同品種的動物，藉此讓更多民眾了解不同物種的照顧與經歷。

安德注意到，每隔一段時間，收容所就會出現許多同樣品種的狗兒或者貓咪，或者某種特定的野生動物，一陣子是蜥蜴，一陣子是刺蝟，有一陣子是米可魯，另

一陣子是拉不拉多或摺耳貓。

雖然牠們大多經由認養找到了願意負起責任的飼主，但人們為了趕流行，一時興起而購買寵物的行為，依舊沒有隨著時代進步而改變。

選擇適合自己的寵物並負擔起飼主的責任，是安德宣導的目標。事實上，專門培育純種狗以及經營賽犬的柏凱家，就因為流行與純種迷思而大發利市。

就在安德憂心匆匆時，阿杰與阿聰照舊歡樂的享受著園遊會的熱鬧氣氛，他們從小參與園遊會到大，幾乎所有的事務都已經通曉，此刻，他們正在服務台前值班，協助解決各項問題。

「阿聰，快過來看，汪汪回娘家了！」阿杰開心的抱著一隻小狗說道。

園遊會還有讓認養狗兒們的飼主互相交流的功能，加上寵物免費義診，所以特別受到愛貓愛狗人士的歡迎。

「汪汪，我看看你的牙齒喔！」阿杰也會擔任義診小助手，他正專業的為體型嬌小的汪汪檢查牙齒。

「好臭，汪汪有口臭！」阿杰摀著鼻子說道。

臭。

「狗狗不是都有嗎？」汪汪的飼主天真的問。

「這個味道不太一般，汪汪可能有蛀牙，阿聰你聞聞。」

阿聰家也有參與擺攤，提供寵物食品試吃活動，他趕緊湊過來分享了汪汪的口臭。

「嗯！味道比一般要重了一點，而且有腐敗味……」阿聰又深吸了一口說道，讓一旁的阿杰敬佩的看著阿聰。

「……要不要試試這款潔牙骨？」

阿聰從試用籃中掏出一個白色的狗骨頭。

「這根是試用品，可以吃一個月，如果有改善的話你再到我家買，帶包裝來算八折優惠喔！」

汪汪的飼主開心的帶回了一根潔牙骨，以及被發現有口臭卻還是開心的和其他狗兒敘舊的汪汪。

「阿聰，是吉美耶！」

阿杰又眼尖的看到了熟識的狗兒。

一隻黑得發亮，體型中等的米克斯杜賓犬搖搖晃晃的走向他們，吉美的毛色一向是牠最動人的特色，牠兩個月前才被領養，由新飼主阿盼牽著回娘家。

「李醫生，其實呢！我當時太早領養吉美了。」阿盼一見到安德就開始懺悔。

「對呀！你幾乎是一看到吉美就決定要認養牠了，我們根本還沒來得及幫牠排定結紮手術呢……」安德回憶起吉美的「良緣」依舊感動不已。

很少有狗兒才進收容所一個星期就馬上找到飼主的，除非是稀有品種。安德必須承認，雖然不分品種的狗兒都有可能被棄養，但被認養機率最高的依舊是有品種的狗兒，難得米克斯種的吉美一下就覓得了有緣人。

「嗯……其實我本來沒想要幫牠結紮的，我覺得自然是最好的……」

「嗯！那只是我們的建議，現在你是吉美的飼主，還是以你的決定為主。」

阿盼露出了慚愧的微笑低聲說：「其實……當時要是堅持先結紮就好了……」

安德挑了個眉，追問道：「怎麼說呢？」

「吉美……懷孕了……」阿盼的頭低的不能再低，輕聲說道。

安德嘆了口氣，雖然不是少見的例子，但還是讓他感嘆不已。

「那你打算怎麼做呢？」

「我想留下兩隻小狗，不過如果吉美的小狗……超過兩隻……」阿盼又慚愧又難過，還是安德幫他把話說完：「其他的小狗需要送養，對吧？」

「嗯……李醫生，我會先詢問親友，不過如果有協會的幫忙，我就更放心了，因為你們都很謹慎挑選飼主的……」

所以就挑到了你這種既愛狗，卻又同時增加小狗問題的傢伙，安德心想。

「那等吉美生產完，我們來幫牠結紮吧？」

這次阿盼完全不敢拒絕，現在他知道有可能要負擔的生命是如此沉重了。之前希望吉美健康自然，不想任意為牠動手術，但為了能讓牠融入人類的都市生活，看來結紮還是必要的。

「當然了，就看醫生你方便。」

阿盼趕緊附和，他欣慰的摸摸吉美的頭說：「吉美，我們一定會也幫你的寶寶找到疼愛牠們的飼主的，放心吧！」

看著他們一人一狗離去的身影，阿聰趕緊把握機會詢問安德：「李叔叔，為什

麼一定要幫吉美結紮啊？反正阿盼也會幫小狗找飼主呀！」

安德站在樹蔭下，身後的樹上貼著「以結紮代替撲殺，認養代替購買」的協會標語。

「如果他找到的飼主並不會這麼關心狗兒，然後又隨意拋棄小狗呢？」

「對耶！的確有這種可能……」

「流浪動物最常見的原因，就是飼主任意拋棄

了寵物，而沒結紮的寵物在城市裡繁衍後代，後代將持續成為流浪動物。或者像吉美這樣，或許小狗都有人領養了，但領養的飼主又丟棄了小狗，小狗依舊會成為流浪動物……」

「喔……」

園遊會繼續熱鬧的進行著，安德回想起，認養園遊會的主意也是蕾蕾留下的。十年前，蕾蕾就堅持要定期舉辦園遊會，才不會讓收容所只進不出，也能與民眾保持良好的互動。回想起蕾蕾的先見之明，安德又是一陣感慨，現在協會面臨了新的考驗，雖然大望正在處理，但如果沒有蕾蕾的智慧，安德很擔心他們是否能順利度過這次的難關。

阿杰的聲音喚回了他的神智。

「爸，大望叔呢？你說他去開會，怎麼到現在都還沒看到人影，他去開什麼會呀？」

「嗯！」安德考慮著是否要讓小孩了解協會面臨的困境，但想到這也是個機會教育的好時機，於是說道：「你們知道都更計畫嗎？」

「專門拆人房子的那個計畫？」阿聰反應迅速的說道。

他記得前陣子新聞每天都在報的案件，他的家人也一直關注著這個議題。

「哈哈！計畫內容的確包含了拆房子，不過這些都是必要的。其實呢！目前收容所附近的居民希望能夠參與都更計畫，也有建設公司在洽談……」

「所以他們要拆掉收容所？」阿杰又驚又慌的問道。

「放心吧！就算他們要拆，也必須要我們同意才可以，現在大望就是去參加計劃說明會了。」

雖然安德嘴上說放心，但其實他的心裡也忐忑得很，即使他們堅持不搬，但這其實關係到整個社區居民的利益。他們不想妨礙發展，卻又不能隨意搬遷，這才是困難的地方，只希望大望能順利在建設公司和社區之間找到一個平衡點，若只是單純要犧牲他們協會的權益，他們也是不會輕易妥協的。

不遠處的騷動吸引了他們的注意力，只見原本和諧熱鬧的公園裡，人們突然到處奔跑吶喊著！

「爸！」

屎彈。

「小心！」

安德還不知道發生了什麼事，只見一坨黑色的物體朝他飛了過來，他機靈的閃過，才發現那是一坨散發著惡臭的大便，而奔跑的民眾就是在閃躲那些四處亂射的屎彈。

正當安德覺得大事不妙時，安德頭上傳來一陣難聽的怒罵聲，交雜著閩南方言的各式髒話，耳熟的聲音讓安德和阿杰都有著不好的預感。他們抬頭一看，只見杜邦逍遙的停在樹梢，一邊有節奏的擺動身體，一邊說著不堪入耳的髒話。

安德心想糟了，當初為了捕捉杜邦，可是出動了一整個消防局的小隊，加上曬了四個小時炙熱的太陽，那時還上了地方新聞呢！而現在杜邦竟然又重獲自由，開始散播不良言論，安慰的是，還好他們有教牠新的口號，所以髒話之間還是交雜著「以認養代替撲殺」之類的宣言。

這還不是最糟的，最糟的是，安德彷彿聽到慌亂的人群中，有人喊著小心蜥蜴之類的話，現場一片混亂，連訓練有素的義工們也驚慌不已。所有原本在籠子裡的狗兒都被放了出來，幾十隻狗兒開心的亂跑著，在草地上打滾，互相追逐著彼此的

尾巴；而貓咪們則優雅的在樹上、桌上、某些人的車上梳理著貓毛，相對於慌亂的人們，動物們倒是開心得很。

安德馬上帶著阿杰與阿聰加入安撫動物，重整秩序的行列。

阿杰與阿聰手腳俐落，一下子就回收了數隻狗兒與貓咪。其中有隻狗兒太高興了，他們必須手腳並用才能將忘情的小狗從某個小姐腿上拉開，雖然那位小姐表示不在意，但花容失色的反應依舊讓阿杰心生歉意，阿杰心想，這下可好了，人們或許會以為所有收容所的狗都是色狼了。

「反正這的確也是小狗的真實面貌嘛！能接受就可以一直照顧牠，起碼不用等到領養了才知道，然後受不了後丟棄嘛！」阿聰安慰的說道。

這場失控的動物嘉年華一直持續到傍晚，當所有義工將看得到的，屬於協會的動物們都重新安撫後，還發現幾隻走失的家犬。

他們筋疲力盡的清點著寶貝動物們，卻發現少了好幾隻小狗，而阿空、杜邦和阿龐則都失蹤了。

安德詢問事發原由，義工們表示似乎是阿空將所有的狗兒都放了出來，而阿空

則被杜邦的髒話弄得發狂，開始發動屎彈攻擊。

「為什麼阿空會跑出來呢？而且杜邦平常不會用語言攻擊阿空的？」

眾人面面相覷。

問題沒有得到答案，只見不遠處，阿盼上氣不接下氣跑了過來說：「李醫生，吉美……吉美……」阿盼表情驚慌，看起來就要哭出來了。

「吉美不知道跑去哪裡了！」

天啊！安德心想，又多了一隻要尋找的狗，而且還必須在牠生產前找到。還好他已經設想好要出動的人員和應變措施，可惜就算安德很冷靜，當他稍晚接到警察與民眾的質問時，還是垂頭喪氣了好一陣子。應付行政事務一向不是他的強項，他真希望大望和蕾蕾能在。

在社區活動中心開會的大望，心裡掛念著園遊會的進行，不知為何，以往都不會讓他這麼擔憂，這次他的眼皮卻一直跳著，無法集中精神。

「那麼，我們就請動物收容所的代表，大望先生來為我們說明。」講台前方的

主持人，喚醒了大望的注意力。

他走到台前，對著眼熟的鄉親父老們，提出收容所的目標與預定。

「我們協會附設收容所願意加入都更計畫，但目前的狀況各位也知道，我們需要時間尋找合適的搬遷地點，而搬遷也需要經費。」

「我們知道啦！所以現在才要一起討論這個問題呀！不然你們的狗一整個晚上『吹狗雷』的叫聲快要讓我受不了啦！」一個住在收容所不遠的老鄰居說著。

「阿土伯，我知道，我也在想辦法呀！」大望說。

「大家稍安勿躁，我們聽聽大望怎麼說吧！」穿著與氣質不搭調的襯衫與西裝外套，里長伯公正的說道。

他們繼續密集的協商著各項有可能的辦法，不遠處，一個戴著棒球帽的年輕人默默離開了會場。

06 風雨將至
動物醫學
動物醫

「那隻鬃蜥叫阿龐，牠沒有毒，只是大隻了點。」大望疲倦的向消防隊員和警察解釋著。

他才剛從都更會議回來，會議上，他一點也不意外獲得許多居民非難的眼光。沒想到一回協會，等著他的竟然是動物大逃亡的消息。此時，他不知道第幾遍解釋道。

面對這樣的行政事務，安德只是在旁默默的支持著，這就是他們之間的默契與分工。

安德處理教學與醫療，而大望則負責協會的各級行政事務以及對外管道。

「阿杰和阿聰，你們先回去休息吧！」

「可是……」

阿杰想要留下來，即使知道自己一點忙都幫不上。波特睜著無辜的大眼睛望著一屋子焦慮的人們，疑惑著今天的氣氛和平時完全不同。

「我們要討論誘捕動物的細節，可能會弄到很晚，你先回去吧！」

阿杰還想說些什麼，但看到安德堅定的眼神，於是打消了爭執的念頭。

「阿聰，我們先回去吧！」

「可是我們也想要幫忙！」

「走吧！」阿杰用眼神示意著阿聰。

接收到好友訊息的阿聰，趕緊改變主意說：「好吧！那我們就先回去了，叔叔再見。」

離開前，阿杰突然想到件事，他問安德：「爸，我今天可以帶波特回家嗎？」

安德看著不安的波特，心想讓波特和孩子們做伴，他也比較安心。

「好，那今天就讓牠陪你睡吧！」

聽到答覆的阿杰露出開心的表情摸著波特說：「波特，太好了，今天你可以和我一起睡喔！」

安德放心的看著兩人帶著波特回家的身影後，才又回到會議中繼續商討對策。

阿聰跟著阿杰走出了收容所後才追問道：「你打算怎麼辦？乖乖等消息？」

阿杰默默搖搖頭，眼睛閃著充滿鬥志的光芒說：「我想，如果我們表示也要跟著去誘捕，一定會被拒絕的，你剛剛有沒有聽到颱風的消息？」

「嗯！聽說有個颱風可能會登陸，目前在外海盤旋著……」

「可能會也可能不會，不過大人才聽不進去呢！他們只會做最壞的打算，可是我們也可以自己去找動物呀！」阿杰天真的說。

「你說我們自己？」

「我們有波特！」阿杰看著波特說道。

「波特以前可是隻搜救犬呢！而且我們只是偷偷幫忙，就當做是帶著波特散步吧！」

「好，那我們也成立自己的小小搜救隊，讓他們大吃一驚！」

兩人有默契的相視而笑，這不是他們第一次擅自行動，回想兩人還是三年級的學生時，也曾經合作誘捕過流浪的幼犬，後來雖然挨罵了，但他們相信只要兩人合作，所有問題都可以迎刃而解。

「那明天放學後，老地方見！」

「好，老地方見！」

兩人做好約定後，心滿意足的各自回家。

06 風雨將至

阿杰帶著波特回到家中。假日診所休診，阿杰在無人的診所中，幫住院的小動物整理了食宿後，便帶著波特俐落的吃著簡便的晚餐，然後坐在客廳的沙發上邊看動物雜誌邊等待，一直到深夜，開門的聲音才吵醒了打瞌睡的兩人。

「老爸，你回來了！」阿杰趕緊迎接爸爸。

「還沒睡呀？」

安德一頭亂髮，憔悴的神情。

「要不要我弄個什麼給你吃？」

安德原本想拿個東西就回協會，但他注意到阿杰特地等他回家，而一起吃個消夜也剛好可以向阿杰解釋一下狀況，他欣然接受了兒子的體貼。

「那就拜託你了。」

接近凌晨的夜晚，阿杰熱了一碗鹹稀飯給安德填肚子。在阿杰的記憶中，媽媽也經常煮鹹稀飯當消夜，似乎是因為他們總是工作繁忙，而鹹稀飯簡單又好消化，是最適合的熱量來源。

媽媽的稀飯裡，總是會加許多青菜、香菇和蛋花。

「我這兩天要到協會去住。」安德邊吹涼稀飯邊說。

聽到這個消息的阿杰一點都不意外，乖巧的點頭回應說：「嗯！我知道了。」

「除了這兩天要安排義工搜尋外，還有一些文書上的事要處理。」

「你說的是都更的事

情嗎？」阿杰敏銳的問道。

「嗯！因為目前有許多狀況都未定，所以沒辦法和你解釋太多細節。」安德擔憂的看了一眼阿杰，帶著歉意的問：「你一個人可以嗎？」

「放心吧！老爸。可以讓波特繼續陪我嗎？」

安德慚愧的說：「當然可以。我每天會抽空回來一趟，如果有事就隨時打電話給我，好嗎？」

「嗯！我會的。」

「謝謝你，阿杰。」

安德感激的看著獨生子。一直以來被忽略的兒子，不知何時已經變得獨立又能幹了。

吃完熱騰騰的粥後，安德拿好文件，開著他的二手中古車消失在細雨中。

夜裡，窗外的風雨變得越來越大，樹葉被吹得狂亂，樹影彷彿初次上台的舞者般惶恐不安。颱風真的會登陸嗎？阿杰躺在床上不安的想著。

他的枕頭邊枕著波特，波特柔順的毛和溫暖的體溫給了他許多安慰，他依著波

特進入了夢鄉。

隔天，颱風如氣象報告預期的登陸了。學校過了中午就宣布停課，要求學生趕緊回家。那當然更合阿杰的意，他和阿聰兩人約在巷口轉角的早餐店集合，他帶著波特，阿聰帶著項圈和飼料。

「你覺得這些夠嗎？」阿聰焦慮的問。

阿杰看看阿聰手上的十條項圈說：「我想應該夠吧！我也不確定有多少動物要找。」

「如果我們遇到杜邦該怎麼辦？」

阿聰一直對杜邦沒有好感，杜邦總是能激起他的鬥志，讓他想要和牠比賽罵髒話，那可不是一個形象優良的好孩子該做的事。

「我倒是不擔心杜邦，如果遇到了阿空比較糟糕，到時候可能要打電話給我爸了。」阿杰認真的說。

「那我們自己跑去搜尋的事不就曝光了？」

「那我們就說……我們是在散步？」雖然阿杰覺得這個理由連自己都不相信，

誰會在颱風天散步呢？

「起碼說是在遛狗？」

「那還不是跟散步一樣？」

「不管了，出發吧！」

兩個同樣沒有說謊天份的小孩決定放棄不擅長的事，挑自己想做的事去做就好了。

受到外環氣流影響，颱風帶來了絲絲細雨。

他們穿著黃色塑膠雨衣，波特也套上了自己專屬的寵物雨衣，兩人與狗，三個黃色的明顯身影走在細雨中，非常醒目。

雖然不想遇到阿空，但阿杰還是讓波特聞了阿空的糞便樣本，波特專業的細聞許久，才帶著他們走進了校園。

「阿空會在學校裡嗎？」阿聰訝異的問道。

「還好現在停課了，不然阿空可能又會被激怒，到時候會有更多驚慌的人，那就麻煩了。」阿杰假裝鎮定的說道。

原以為沒人的校園，竟然讓他們發現有兩個低年級的女孩躲在樓梯的陰影下。

「欸！妳們在這邊幹嘛？」阿聰問道。

那兩個小女孩發現自己暴露了行蹤，露出害怕的表情，一看到波特，更是突然哭了出來。

「怎麼了？怎麼了？」

一看到小女孩哭，阿杰馬上慌了手腳，老實的他一點都不擅常應付這種場面。反倒是阿聰鎮定的帶著微笑問：「放輕鬆，深呼吸，來，有什麼問題說來聽聽，我們說不定能幫忙。」

於是這兩個小女孩才斷斷續續的抽咽著說明了情況。

「剛剛大雄說……要去找猴子……」

「猴子？」

一聽到猴子，阿杰和阿聰兩人有默契的交換了一下眼神。

「他們說，看到了猴子，可是那時候已經要放學了……老師叫大家快點回家，我們叫他們不要去……可是他們不聽，還是去了。我們很擔心……就在這邊等，也

不知道跟老師說……我們會不會被罵……結果等了好久他們都沒有回來，而且……風也越來越大……」

「他們往哪裡去？」

「後山……」

「他們有幾個人呢？」

「三個，大雄、阿當和阿晉……」

「妳們快點先回家吧！」

「那大哥哥你們呢？」

「我們等等會去告訴老師。放心吧！他們一定在廟的附近，不會跑太遠的。」

「真的嗎？」

「嗯！放心吧！妳們快點回去！」

「謝謝你！那我們先回去了！」兩個受到驚嚇的小女生一聽到可以回家了，馬上擦掉眼淚狂奔而去。

看著她們消失的背影，阿聰和阿杰商量說：「阿杰，我們還是先告訴大人比較

好吧？」

「可是如果我們去通知的時候，阿空又跑下山了怎麼辦？」阿杰思索著更好的處理方式。

「不然，我們可以先去找牠，找到之後再去通知我爸過來。如何？說不定他們正在忙其他的事，打斷他們卻又沒有找到阿空的話……」

「說的也是。好吧！你還記得山上的路嗎？」

「嗯！有時候大望叔也會上山誘捕流浪狗，只要跟著登山步道走，絕對不會迷路的。」

「那走吧！」

古島小學依山而建，學校後方就是多座包圍社區的山，山上有許多維修良好的登山步道，石子或是木製的皆有，兩旁風景宜人，假日的時候總是會吸引許多登山健行者前往。

而山腰上有座古廟，他們四年級時，還曾經跟著學校到廟裡戶外教學，只要走一個多小時就可以到了。廟的後方可以欣賞到整個盆地的美景，晚上也有許多人上

06 風雨將至

山看夜景。

他們小心的沿著濕滑的登山步道上山，山上空氣清新，因為濕潤的雨水，溫度特別濕冷，樹葉比平時都還要來的翠綠，山中瀰漫著霧氣，他們呼出來的氣也變成白煙狀。

「雨越來越大了……」腳踩濕滑的步道，阿聰不安的提醒著。

「等等，波特好像聞到什麼了？」

他們注意到樹林中有些動靜，就這麼順利的發現了猴子蹤影。

「是阿空！」

「可是沒有看到小孩呀？」

「我們先抓抓看阿空好了！如果我們抓到了，那我們也有幫上忙了。」阿杰高興的說。

他們嘗試誘拐阿空，但無論用食物或勸導都無法接近牠。天色越來越暗，他們終於筋疲力盡的放棄，決定到廟裡借電話連絡大望和安德。

此時大望和安德已經誘捕到杜邦，卻苦於找不到阿空，加上越來越大的風雨，

給他們帶來了許多壓力。

接到阿杰的電話，雖然安德很擔心他們擅自跑去後山，但還是很慶幸他們平安無事，而且找到了讓他們苦惱一整天的阿空。

頂著大雨，安德和大望直接開著小貨車上山，車後裝著準備要載阿空的籠子。

「你在電話中說，還有三個小孩失蹤了？」大望擔憂的問道。

「嗯！我們今天帶波特散步的時候，遇到的小女生說的，失蹤的是她們的同學，所以我們才會上山來……」阿聰說著兩人套好的說詞。

「你們在雨天帶著波特散步？」

阿聰和阿杰雙頰泛紅，小聲的說：「我們覺得……這好像別有一番趣味……」

「颱風天散步可不會讓人覺得有趣味。你們快點回家，小岳會先開車載你們回去。」

他們看著露出一臉苦笑的小岳叔叔就知道，他是正在休假卻被學長抓來幫忙的倒楣學弟兼員工。雖然聲稱只想輕鬆過生活，但只要學長一聲令下，小岳依舊乖乖奉獻寶貴的假日。

「爸！我們也想幫忙！」阿杰提出了抗議。

「放心吧！我們也只打算找到晚上而已。還好有你們找到了阿空，這樣就幫了很多忙了，快點回家吧！」

「那小孩呢？」

「如果確定還沒回家，那我們會直接報警，也會通知家人，今晚的雨勢和風都會加大。」安德焦慮的說。

「讓我們幫忙，說不定可以更快找到！」阿杰固執的說。

「找到阿空就是幫了大忙了。拜託了，阿杰，回家休息吧！如果你發生了什麼事，我要怎麼和你媽交代呢？」安德既疲倦又擔憂的說。

「我……可以照顧自己！」看到安德擔心的眼神，阿杰硬生生的將到了嘴邊的話吞回去。

「我知道了……」

雖然在廟裡的廣場，但外頭逐漸變大的風雨依舊嚇人，阿杰終於放下堅持，做個乖乖聽話的好孩子。

「大望叔叔，是波特找到阿空的，你把波特帶著吧！」阿杰緊抱著波特說道。

大望感激的摸摸阿杰的頭，並接過他遞過去的波特項圈。

「做的好，波特！」

阿杰和阿聰濕淋淋的坐進了小岳開的車裡。隔著車窗玻璃，雨水不斷沖刷著車窗，雨勢之大，連有雨刷的擋風玻璃都還是讓駕駛的視線不明，阿杰漸漸覺得這不再只是有點刺激的搜救動物行動，而是真正危險的獵捕了。

隔著車窗，他看到爸爸和大望叔叔從貨車裡拿出了麻醉槍，一定是因為人手不足，加上惡劣的天後讓他們決定速戰速決。

阿杰和阿聰乖乖坐在後座，看著車子逐漸駛離霧濛濛的山區。

07 堅持到底

三個兒童走失的消息在他們被送回家前就已經傳遍了社區，回家的路上，阿杰看到了警車和更多的民眾開著車上山。

天色已經全暗了，小岳原本要送阿聰回家，但阿聰卻決定陪阿杰住，於是將他們兩人送到診所後，小岳又開著車，一臉憔悴的往後山方向駛去。

「阿聰，謝啦！」阿杰用毛巾擦著剛洗好的頭髮。

「沒什麼啦！我媽她們也不放心你一個人在家裡等，反正颱風天，我們也只能待在家裡，有個人做伴也滿好的呀！」阿聰已經報備過家裡，這不是他第一次外宿阿杰家。

「那要不要玩動物問答？」阿杰提議道。

「好哇！誰怕誰。」

阿聰的頭髮還滴著水珠，卻一點也不在意的玩起遊戲來。

「剪刀、石頭、布！」

阿杰猜拳輸了，由阿聰先提問。

「請說出哪種動物不會流汗？」

「兔子，附帶一提，牠們利用耳朵散熱。」阿杰也迅速提問：「狗飼料的主要成份是什麼？」

「以肉為主的蛋白質！」

阿聰意外阿杰又學了新的知識，而阿杰也佩服阿聰總是能補充到冷門卻實用的資訊，兩人對峙了十幾回合，依舊不分勝負。

「我好餓……」輪到阿聰出題時，他癱在沙發上哀嚎著。

「喔！那我們先吃飯吧！」阿杰也摸著消瘦的肚皮說道。

他們合作完成了蔬菜燉飯打發晚餐。阿聰的媽媽與姐姐通常都工作到晚上十點過後才回家，所以他和阿杰一樣很習慣照顧自己的飲食了。

吃完飯後，他們窩在溫暖的沙發上看書，阿杰想念著波特柔軟的毛皮和有點刺鼻的狗味。窗戶被風吹得喀喀作響，卻無法打擾他們在室內安詳的休息，只是他們心中依舊掛念著安德與波特等人的安危。

「這期的的野生動物雜誌可以借我嗎？」阿聰趴在沙發上拿著雜誌問道。

「可以呀！我已經看完了，不過裡面有個抽獎活動，要不要一起參加？」

「好哇！等我看完再跟你討論。」

他們之間的默契比有血緣關係的兄弟都還要來的好，互相陪伴著等待風雨肆虐的夜晚過去。終於在晚上九點多時，聽到了外頭傳來汽車的引擎聲，他們趕緊跑到窗戶邊探看來者何人，只見小岳一臉疲倦的走下車，卻沒有人與他同行。

小岳濕淋淋的出現在門口，阿杰趕緊拿毛巾給他。一走進溫暖的室內，小岳凍僵的肩膀終於放鬆了下來。

「小岳叔叔，我爸呢？」

「他先回收容所了，今天晚上應該會在那邊過夜。」小岳心滿意足的裹著毛巾說道。

「那有找到阿空和小朋友們嗎？」

「阿空找到了，學長已經帶回收容所。阿空也吃了很多苦頭，今晚需要好好照顧一下，不過小孩們還沒找到……」

「怎麼會？」阿杰和阿聰面面相覷，吃驚的問道。

「現在還在搜尋中，放心吧！會找到的。」

07 堅持到底

「那波特呢？」

「大望帶著。」小岳露出微笑說：「放心吧！是波特自己想留下來的，牠知道自己的體力狀況，不會逞強的。」

「喔……」阿杰失落的說著。

「外面風雨太大了，今晚讓我留宿吧！」

「好！」阿杰趕緊打起精神帶著全身濕透的小岳去洗澡。而阿聰已經體貼的去熱了碗蔬菜湯，等小岳洗好澡可以暖身體。

當小岳從霧氣瀰漫的浴室走出來時，燈光突然一陣閃爍，接著就停電了，他們看著窗外黑漆漆的一片。

「看來是這整區都停電了。」小岳摸索著走到窗邊察看後說道。

阿杰在黑暗中來到廚房，在抽屜裡找到了打火機與蠟燭，他點燃蠟燭，拿到客廳放著，靜默的火光中，擔憂的感覺逐漸在彼此心中蔓延著。

「大望叔叔還好嗎？」

「嗯！」小岳說著，但其實他也不知道目前的狀況如何。

「我有沒有跟你們說過，除了安德是我學長外，大望也是我的學長？」為了緩和緊張的情緒，小岳決定說些故事給他們聽。

「沒有耶！」阿杰意外的說，因為小岳叔叔總是直呼大望叔叔的名字，他以為他們只是朋友。

「大望也是我獸醫系的學長，聽說本來也要當獸醫，但後來為了考取工作犬訓練師的資格，他選擇放棄學位，專心準備考試。」小岳嘆了口氣說：「剛剛也是，本來大家已經想放棄了，風雨太大，警察想等凌晨颱風過境後再繼續搜索，但就因為大望堅持，所以他們又開始繼續搜救行動了。」

「為什麼大望叔叔會這麼堅持呢？」阿杰好奇的問道。

小岳喝了一口蔬菜湯繼續說道：「這要從大望小時候說起，你們要聽嗎？」

「要！」兩人有志一同的點點頭，期待的看著小岳。

「那就當做床邊故事吧！不過不要說是我說的喔！這也是有天晚上，我們這群協會的固定班底聚會的時候，大望喝多了，太放鬆了才跟我們說的。」

他們三人在溫暖的火光下，聽著小岳以沉穩的嗓音說著一段感人的過往。

07 堅持到底

黑暗的山中，大望帶著和自己一樣濕透的波特持續穿梭在樹林之間，伸手不見五指的森林勾起了他小時候的回憶。那時也是這樣下著雨的夜晚，畢竟台灣山區多雨，回憶總是很容易伴隨著濕氣。

大望出生在中部的小山村中，十歲那年，發生了一場改變他人生的地震。震央就在村子附近，他們的村子全都化做一片片瓦礫，當時是深夜，年僅十歲的他和家人以及大部份的居民一樣，都沉睡在夢鄉之中，地震來的快去的也快，他們還來不及察覺發生了什麼事，整個村莊就已被翻身的地牛移為平地。

大望也和家人一樣被壓在瓦礫堆下面，地震發生的太突然，他們沒有人來得及逃離家園。他在黑暗中待了三天，從細小的石縫中和姐姐互相打氣著，他的家人都沒事已是萬幸，只是離不開已坍塌的家，爸爸媽媽也都困在狹小的瓦礫堆下，他們只能一起祈禱有人能盡速發現他們。

救難隊迅速進入了山區，卻無法立即進入更深山裡的小村莊，那是個規模很大的地震，只有一半的人生還，大望不只一次感謝命運讓他和家人都幸免於難，他們

失去了所有的財產，卻還擁有彼此。

大望還記得，當他在黑暗中快要放棄生存意志時，一陣清脆的狗叫聲喚醒了半夢半醒的他，接著他終於看到了睽違已久的光線，一隻毛茸茸的獸掌出現在他的眼前，然後是毛茸茸的鼻子，毛茸茸的耳朵，以及黑暗中一雙閃閃發亮的獸眼。是救難犬！接著他聽到了自己連做夢都在幻想的聲音。

「這邊還有人，快點過來！」

「拿擔架過來！」

那場地震出動了所有能調動的救難工作犬，救難隊才有辦法一進入山區就找到他們的所在，那時他們已經有三天沒喝過一滴水，加上困在黑暗中，他們都瀕臨脫水，也快要精神崩潰了。

大望躺在擔架上，眼角餘光發現他的救命恩人，一隻有著光亮黑色毛皮的救難犬搖著尾巴繼續搜索。然後他看到姐姐和父母陸續被救了出來，而黑色的救難犬持續在他的家人與鄰居的身邊給予支持，輕舔著他們的雙手給予鼓勵，大望從此決定了畢生志業，他要成為工作犬訓練師。

多年後，成為保護動物協會附設收容所所長的大望，依舊有著工作犬訓練師的本領。山中的雨完全沒有變小的跡象，大望疼惜的摸著波特的頭，波特輕輕搖著尾巴，不改專注的低聞著地面。情況並沒有因為溫馨的回憶而變好，因為下雨，所有的氣味都被沖淡了，大望知道目前的工作狀況對波特而言並不容易，牠已經搜索了一整天，加上惡劣的氣候，但波特卻依舊保持著專注，這就是救難犬的精神。

波特曾是大望訓練的最後一批救難工作犬，當大望決定辭去工作犬訓練師的工作，接下動保會的收容所管理時，波特利用牠的意志表示了跟隨，於是大望讓波特轉而擔任助教犬，隨侍在身邊。

「波特，拜託你了。」

波特和大望一樣，依舊保有上個工作的好本領，牠以專注的眼神回應著。

「然後呢？」

一支蠟燭因為阿杰急切的呼吸而被吹熄了，他趕緊重新點燃。原來大望叔叔有這樣的過去，阿杰追問著接下來的發展。

「可惜，成為工作犬訓練師並不是那麼簡單的事情。」

「真的嗎？」

「因為在台灣還不流行，也沒完善的制度，所以大望那時候真是吃足了苦頭。為了配合國際考照和訓練，他乾脆放棄念到一半的學業飛到歐洲學習，花了數年取得證照後，一回到台灣馬上就加入了救難犬的訓練工作。」

「聽起來很順利呀？」阿杰天真的說。

「那是因為你們是用聽的呀！」小岳笑著說。

「啊！電來了！」

他們從窗戶看出去，風雨已經減緩了許多，而窗外的家家戶戶又像閃爍的夜空般一一亮起了點點星光。

「後來呀！大望成為全台最專業的工作犬訓練師，可是他也發現大部分的工作犬都選用有品種的狗……」

小岳感嘆的說：「然後就遇到了你爸媽了。」

「遇到了我爸媽？」

07 堅持到底

「他們那時候正準備要從研究所畢業，一個是年輕有為的獸醫師，立志拯救所有的流浪動物；另一個則被認為是難得的天才傑出女醫生，兩個人的前途都閃閃發亮。」

聽到自己父母年輕時的故事，阿杰的眼角不爭氣的閃著淚光，渴望了解更多。

「其實學長也是很想回來陪你的。」注意到阿杰的心情，小岳摸摸他的頭心疼的說：「可是協會也要有人負責看管，颱風來的太突然了……」

「小岳叔叔，沒關係的，我習慣了，而且你看！」阿杰摟著已經在打瞌睡的阿聰肩膀說：「我有阿聰陪我呀！」

「看來阿聰已經很累了，你應該也是吧？你們今天都奔波了一整天了，快點去睡覺吧！接下來相遇的故事就去問你爸吧！」

「可是……」

「你擔心還沒找到的小孩嗎？」

「嗯！」

「我想，或許他們因為害怕挨罵，所以躲起來了。」

「躲起來了？」

「嗯！因為後山沿路都有登山步道，如果對路況不熟，的確有可能會迷路，不過只要待在步道附近，沒有理由搜救人員找了三個小時還找不到……」

「所以我想，他們可能躲在某個小廟裡……或許睡著了吧！」

「為什麼會在小廟裡？」

「因為後山大大小小的廟很多呀！也有很多的涼亭和休息處，風雨這麼大，他們應該會在其中一處躲雨。」

「原來如此……」

「本來搜救人員也是這樣猜想，所以想趁雨勢變小再去找他們，不過大望卻堅持越快找到越好。」

「大望叔叔……」

「或許和自己小時候的回憶有關係。放心，他們都有結伴行動，也有帶對講機互相支援。」小岳給了阿杰一個溫暖的微笑。

「真的嗎？」

「嗯！所以你們先去睡吧！我就睡客廳，如果有重要的電話來，我會讓你們知道的。」

「好，小岳叔叔晚安。」

「晚安。」

阿杰叫醒了阿聰，帶著半夢半醒的他回房間睡覺了。

朦朧的睡夢中，阿杰夢到自己化身成了波特，帶著大望叔叔和義工叔叔們走在黑暗的山間步道上。

牠有著超敏銳的嗅覺，只有牠能幫助大望叔叔，而且牠強烈的使命感讓自己相信，只有牠能完成這項工作。牠聞到了很多味道，不同於下午尋找的猴子臭味，更多的是甜甜鹹鹹的汗水味，以及塑膠玩具和洗衣精的味道。雖然濕氣讓牠的嗅覺變遲鈍了，但牠很確定方向，就快要到了，牠提醒大望加緊腳步，任務就要完成了，就在前方三百公尺！

牠帶著牠的夥伴來到了一間隱密的小土地公廟，牠的夥伴們都不知道土地公廟

有什麼不對勁，因為他們不像牠，不是用眼睛看。牠帶領著他們來到土地公廟的神像後，在狹小的縫隙裡找到了三個靠在一起取暖的小男孩，他們睡眼惺忪，渾身發抖，而牠的夥伴卻欣喜若狂。牠真不知道撿到三個又濕又髒的小男孩有什麼好高興的，對牠而言能完成任務才是最重要的。

牠抖了抖身上的雨水，這一夜真的很長，長到都快讓牠忘記自己曾經是隻能幹的搜救犬了，看來自己果然寶刀未老。

牠看著越來越多的燈光聚集，有人拿了毛毯過來，有人帶著那三個小男孩坐進車裡，而牠則受到眾人包圍，拿水和食物給牠。這才像話嘛！牠現在可以放心休息了。

牠趴在夥伴身旁，打了一個很大的哈欠，像平常一樣將牠毛茸茸又濕淋淋的頭頂著夥伴，兩人頭靠著頭互相依偎著，牠進入了深沉的夢鄉，那是狗兒們的夢。

清晨的陽光射入阿杰的房內，窗外的小鳥嘰嘰喳喳的在電線桿上跳著，阿杰揉了揉眼睛，不太確定自己是否還是夢中的那隻狗，他伸腳下床，卻聽到一聲哀嚎：

「喔！」

他這才想起阿聰在自己的床邊打地鋪，而他剛剛狠狠的一腳正踏在阿聰的肚子上，難怪他會叫的那麼大聲了。

阿杰聞到了陣陣培根的香味飄進房間，他趕緊跳下床，這次很機靈的避開了還在賴床的阿聰。打開床門跑進廚房一看，就看到安德正在瓦斯爐旁煎培根，而小岳就坐在餐桌旁喝著豆漿。

「爸！」

「這麼早起床了？」

「你回來了，你們還好嗎？昨天順利在土地公廟找到小孩了嗎？波特呢？大望叔叔呢？」阿杰一長串連發的問題讓小岳佩服的看著他。

而安德停下手邊的工作，表情意外的看著阿杰說：「你怎麼知道是在土地公廟找到的？」

阿杰自己也愣了一下說：「欸……我也不知道耶……」

阿杰抓抓腦袋，想不起自己為什麼這麼順的就說出了答案。

「先去給你媽上個香，然後洗洗手來吃早餐吧！」

「好，那大望叔叔還好嗎？」

「折騰了一整夜，他和波特都還在補眠呢！」

「今天也要上學嗎？」

「要呀！所以你快點去叫阿聰起床吧！」

「那上學前我可以先去看波特嗎？」阿杰不死心的繼續追問。

「那你可能會來不及上課……放學我再帶你去看牠，好嗎？」

「好吧……」

面對安德一如往常的平靜態度，一點都沒有歷劫歸來的喜悅，阿杰也只好收藏起興奮與好奇，妥協的說道。

08 永遠的朋友
動物醫
動物醫學

大望躺在白色的病床上，持續發燒著。

這是打從他十歲那場地震時，因為營養不良加上身體虛落而住院打點滴後，再次長期住院。他還記得當時姐姐就躺在隔壁，他們總是會互相嘲笑彼此的瘦弱，並打賭要比對方先好起來。他虛弱的看著病床旁的點滴架，在心中默默責備因一場雨而臥病在床的自己。

「我帶衣服來給你了。」安德提著紙袋出現在病房裡。

「謝啦！學長。咳咳……」

大望試圖坐起身體，卻發現自己虛弱到連坐起來都全身痠痛。

「你先躺好。」

聽到大望叫自己學長，安德趕緊上前扶著他。大望只有喝醉時和剛起床，神志不清時才會叫他學長，看來現在的大望發燒到有點神志不清了。

「真丟臉，波特什麼事都沒有，一樣生龍活虎的……咳咳……」

一想到此刻正在宿舍中享受美好陽光的波特，大望就羨慕得牙癢癢，很不得自己也和牠一樣飛奔到戶外去吸收著青草與泥土的芳香。

「你不能和波特比，牠的身體本來就比較強壯，而且牠有皮毛禦寒。」安德試圖安慰他。

「那其他搜救人員也沒有人因此倒下的，真丟臉。」

「因為沒人像你一樣堅持不換班，其他人都有輪流休息。」

「學長……」

「反正你先好好休息，把身體養好吧！」

「可是……都更的計畫……還有阿龐……還有那幾個小孩……」

「就跟你說你先休息吧！」安德無奈的看著愛逞強的學弟說：「你就是因為這樣才會病倒的，身體是在提醒你該好好休息了。」

「學長……」

「阿龐已經找到了，也在學校附近，還好牠沒攻擊性，只是引起了一陣恐慌，現在就祈禱牠沒有被其他動物或細菌感染到；都更計畫我已經接手處理了；那幾個小孩的家長說想要找時間好好謝你。」安德一口氣說完所有已經在掌控中的情況。

「哪裡，那是波特和大家的功勞，並不是只有我在搜救……咳咳……只要孩子

沒事就好。」

「大望叔叔！」阿杰手裡抱著一籃水果，打斷了大望的自謙之語，阿聰也提著幾盒餅乾現身。

「阿杰呀！還有阿聰，你們兩個真的形影不離呢……咳咳……那天在後山，也是你們兩個一起發現阿空的。」大望佩服的說著。

「因為我們是哥兒們！」阿杰和阿聰異口同聲的說道。

「喔！這樣呀……真的很厲害呢……咳咳……」大望依舊佩服的看著他們，不過安德懷疑，大望真的知道自己在說什麼嗎？

這幾天不時有人到大望的病房探望他，向他道謝，送他禮物，但大望不一定清醒著，許多人看到他昏睡著，將禮物放下後就識趣的離開了。安德覺得這樣也好，大望忙於工作，這幾年來都沒有時間好好休息，剛好這次補休個夠。

大望住院期間，安德接手了所有協會的工作，加上收容所的管理，諸多繁忙的事物讓他決定暫時搬到收容所的宿舍居住，還好有能幹的小霖協助，否則安德覺得自己也可能會需要到醫院掛個點滴。

08 永遠的朋友

一個晴朗的假日，阿杰帶著便當到協會找他。

「爸，今天還好嗎？」阿杰摸著小雪柔軟的毛說，牠發出呼嚕的聲音回應。小雪又搬回了辦公室，牠已經適應得差不多了，光滑的獸毛也重新長了出來，但因為很黏人，所以讓大望安頓在辦公室當招待獸。小雪彷彿覺得自己盡到了責任，讓阿杰摸了兩下後，就一溜煙的跑回窩裡睡覺了。

「還不錯。」

安德邊看著電腦邊說：「今天阿聰沒有跟你一起過來？」

「阿聰今天要在家裡幫忙。」

「嗯！畢竟他們家是做生意的。」

「晚一點我可以幫忙照顧阿空。」

至從那次逃亡被抓回後，阿空顯得鬱鬱寡歡，食物都一定要人親自餵牠才願意吃。

「我覺得阿空有點被慣壞了。」安德煩惱的說。

「或許過兩天就會好了？」

「希望如此。」

安德打開便當，醬油的香味撲鼻而來，他看到便當盒裡裝著燉白菜和滷味搭配鮮綠的芥藍菜，唯獨沒有肉，安德發覺兒子煮菜的方式越來越像蕾蕾了。

「你會做的料理變多了，都快要比我多了。」安德挾起一顆滷蛋感慨的說。一直都讓阿杰下廚，他自己都快要忘記做菜的方法了。

「還好啦！就東西切一切，通通丟進鍋子裡煮熟就是了。」阿杰聳聳肩說道。

「這道燉白菜是怎麼會的？我記得沒有教過你呀？」

「這是我翻媽媽的筆記上寫的。」

聽到阿杰提起亡妻，安德沉默了片刻。

「這樣呀……你在哪找到筆記本的？」

「爸，你還記得颱風那天嗎？那時候家裡停電了，因為要找蠟燭，所以我翻了廚房的抽屜，結果就翻到了筆記本……」阿杰不安的說，擔心自己亂翻媽媽的東西會被罵。

「嗯！原來放在那裡呀！」

安德讚許的點點頭說：「我早已經忘了收到哪去了，虧你找的到。」自從蕾蕾過逝，有許多東西安德都不忍整理，就隨它們荒廢在被遺忘的角落裡。

「這有幾年了……五年？還是六年？」

「六年了，那時候我剛上小學……」阿杰提醒著。

他其實對母親沒有太多印象，只有最後媽媽躺在醫院病床上的身影偶而會浮現在腦中。安德一時陷入了自己的回憶之中，專心咀嚼著燉菜的滋味，直到阿杰的聲音喚醒了他。

「爸，那天聽小岳叔叔說，你和大望叔叔是學長和學弟呀？」

「喔！對呀！小岳和你們說這個呀？」

「因為那天颱風又停電，所以小岳叔叔就說了一些以前的事給我們聽，可是他只說到一半，他說另一半直接問你。」

「他說的是哪一半？」

「他說大望叔叔小時候遇到地震，被救難犬救的事情。」

「那沒說的另一半？」

「是大望叔叔遇到你們的事。」

「原來如此。」安德點點頭。

「你們怎麼會成為好朋友的呀？」這是阿杰從小就有的疑惑。大望叔叔個性開朗，只要有他在的地方，就絕不會缺少歡笑，而且朋友眾多，三教九流都有；而老爸則沉默寡言，只和協會和飼主有來往。阿杰一直很難想像完全不同的兩人如何成為無所不談的好友，最後一起為相同的理想互相支援著。

安德露出了溫和的微笑問道：「你有興趣知道呀？」

「嗯！」阿杰開心的點著頭說：「可以跟我說嗎？」

「可以呀！」安德邊回憶著邊說：「其實在大望出國前，還有一段故事……」

安德說出了另一個讓阿杰意外的事。

「欸！還有一段？」阿杰訝異的問道：「我聽小岳叔叔說是你找他一起創辦協會的？」

「是沒錯，不過我和大望並非一開始就互相合作。在他出國前我們就認識了，我和蕾蕾，大望都是同個社團的會員。」

安德一口吞下燉菜後說：「這可以再加點鹽。」

「嗯！」

「那也是個為了流浪動物奔走的社團。那時呀！大望的脾氣很火爆，我也好不到哪去。我們經常為了社團運作的事起爭執，他堅持要走在所有團體的最前端，甚至要上街遊行，爭取流浪動物生命權；而我和蕾蕾是保守派，能救一隻算一隻……後來他休學去了國外，回來後，剛好我和蕾蕾要創個推廣生命教育的團體，蕾蕾提議可以找大望加入……」

能聽到媽媽的故事，讓阿杰更是睜大眼睛，特別認真的聆聽著。

「那時候我並不想找他，可是因為你媽很欣賞他，覺得他能力很強，所以我也勉強同意了，想說都過了一些年，我們多少都有所改變了，可以像成年人一樣和平相處了吧！沒想到……」

「沒想到？」阿杰的好奇心整個被勾引了起來。

「這個芥藍菜燙得剛剛好。」

「老爸！」

「喔喔！抱歉！」

「你說到一半，你們約大望叔叔合作，以為可以順利相處，沒想到怎麼了？」阿杰趕緊提醒著。

「沒想到……」安德瞇起眼回憶說：「沒想到大望也和我一樣喜歡著蕾蕾。」

「欸！大望叔叔喜歡媽媽！」阿杰露出驚訝的表情，沒想到竟然會聽到超乎想像的發展。

「那時候我們都還年輕，所以大望找我比賽，並且說比贏的人就有追求蕾蕾的資格。」

阿杰瞪大了眼睛驚訝的說：「這也太老派了吧？」

「哈哈！那是我們的年代嘛！是瓊瑤式的戀愛。」

「瓊瑤式？」

「嗯……就是一種唯美浪漫的戀愛方式，男生在女生家的樓下彈吉他唱情歌，或者寫情書表達愛意，或者在眾人面前告白……」安德不好意思的解釋著。

「為什麼？」阿杰稚嫩的臉龐露出滿滿的困惑問著：「幹嘛做這些奇怪的事？

直接問她要不要交往不就好了？」

「咳咳！你以後就會懂了。」安德默默提醒自己，一定要找時間研究時下的年輕人怎麼談戀愛，不然再過個兩、三年，當阿杰有戀愛煩惱時，自己一問三不知就糗了。

「嗯！於是我們就比賽了，我們比的是看誰游泳游得快。」

「好像動物的求偶方式喔！對嗎？」聽到比賽，阿杰就一直有種似曾相識的感覺，原來是動物星球頻道上介紹過的，長頸鹿會互相角力，獲勝的一方才有資格向母長頸鹿求偶。

「嗯！的確是。」安德點頭同意說：「畢竟人也是動物的一種，不過我們比的是冬泳，不是角力。」

「在冬天游泳嗎？」阿杰瞪大了眼睛，雖然台灣的冬天不冷，但溫度還是很低呀！

「對，而且是早上的時候，我們選擇了最困難的項目，因為我們想要證明自己是最勇敢的。」安德不好意思的說。

「那結果呢？」

「結果我比輸了。」

「你輸了！」阿杰尖叫著，驚訝得下巴都要掉下來了，那爸媽是怎麼結婚的？「對呀！大望是運動好手，又有一身健美的體格，我長年待在實驗室，怎麼可能比得贏他。」說得如此理所當然，安德還自己笑了起來。

「那為什麼是你和媽媽結婚呢？」阿杰瞇起了眼睛懷疑的問著，非常害怕聽到自己的父親做出毀約和作弊等等的小人行為。

「那年冬天很冷。」

回想起當時的情況，安德都還可以感到寒風吹進皮膚的刺痛。

「還沒下水，才穿著泳褲站在泳池邊，我就已經冷得直發抖，心裡很後悔接受挑戰……」

安德露出不好意思的笑容說：「我不只比輸了，還得了重感冒。」

「那然後呢？」阿杰焦急的問，他想快點知道為什麼媽媽會選擇比輸的爸爸？對於比賽的反應又是什麼？

「然後我們比賽的事情被蕾蕾知道了。」回憶起當時的情景，安德就忍不住想笑。

阿杰的眼睛瞪得更大了，難道老爸利用的是同情心？

「你猜猜她的反應？」安德問道。

「欸！很高興你們為了她比賽？」阿杰回想著看過的電影情節，女孩子似乎都喜歡有人為她比賽。

「不對。」安德搖搖頭。

趁著阿杰思考的時間，他終於可以專心吃便當了，他趕緊趁機將剩下的飯菜塞進嘴裡。

「那，很生氣你們把她當賭注？」阿杰抓著頭，努力猜想了另一個他曾經看過的情節。

「還是不對。」安德再次搖搖頭。

咀嚼著最後一口飯，米粒的香味在他嘴裡散發開來，他讚賞的點點頭，驕傲兒子連飯都煮得剛剛好。

「那……」

阿杰歪著頭，這次他想了許久，腦中轉過各種念頭，最後終於放棄，垂頭喪氣的說了聲：「我不知道了，你跟我說答案吧……」

安德心想，阿杰再怎麼獨立早熟，畢竟還是小孩子吧！他吞下了最後一口飯說道：「你媽知道的時候呀！我們以為她一定會很佩服我們，而我也覺得自己雖敗猶榮，畢竟我也是參加冬泳的勇士之一嘛！」安德笑著說。

阿杰佩服的點點頭，如果要他參加冬泳，那他一定打死不從。

「結果呢！」

安德露出無奈的表情說：「她聽到的反應卻是大笑了很久，笑得我和大望都糗的不得了，哪還想得到男子氣概之類的，只覺得我們做了很蠢的事。結果蕾蕾笑完之後，還問我們什麼時候要再比一次？她想要開賭盤做莊，看能不能為協會賺到一些資金。」

安德接著說：「蕾蕾將所有心思都放在協會和動物身上，在她這麼努力振興協會的時候，我們卻只是想著兒女私情……我和大望都覺得很慚愧，終於放下了對彼

此的成見，一同用心建立協會。」

「那到底為什麼，媽媽會和你結婚啊？」

「那是因為蕾蕾笑完後，她很正經又直接的和我們說，其實根本不用比賽，她喜歡的人是我。」安德露出幸福的微笑。

「和她的誠懇態度相比，我和大望都太不成熟了。大望也選擇了尊重蕾蕾的決定，雖然他贏了對手，可是決定權還畢竟是在女孩子手上嘛！」

安德雙手一攤，無奈的說：「我們的比賽根本是白費力氣，蕾蕾也直說了，希望我們將精力用在正確的地方。」

「那時候我雖然躺在床上養病，卻還被她狠狠的訓了一頓。」

「原來是這樣呀……」

「不過也因為那場比賽，讓我和大望成為了互相敬佩的好友。」

阿杰認同的點點頭。

「那你知道大望叔叔曾被救難犬救過的事情嗎？」他好奇的問。

「我知道呀！大望也只說過那一次，我就是和小岳一起聽到的。」安德回想著

另一段回憶。

「那時協會剛成立，我們順利申請到贊助，有資金建立收容所了，所以我們辦了一個慶功宴，大家都喝了點酒，感覺很開心，於是開始分享起彼此的故事。」

「所以大家才知道大望叔叔堅持的理由呀？」

「對呀！每個人的理由各不相同，不過都很感人，也都和動物有關。我還記得每聽完一個人的理由，大家就抱頭痛哭一次，那時真是年輕呀……」安德搖搖頭，不好意思的說著。

「那你和媽媽呢？」

「對喔！我們都沒好好跟你說過。」

「你媽媽的理由比較奇特，我的則很常見。」

「奇特？」

「嗯！非常少見的理由。先說我的吧！」安德說。

「我小的時候，家裡養了一隻小黑狗，就叫做小黑。我們的感情很好，小黑很聰明，也很聽話，每次我要上學前，牠都會送我到門口；而我放學回家時，牠一定

會在巷口接我。我們的感情非常的好，總是一起吃、一起睡……」

「以前都沒聽你說過耶！小黑好棒喔！」阿杰憧憬的說。

「嗯！那是很久以前的事了。」安德表情落寞的說。

「有一天，你爺爺決定要搬到北部生活，新家沒有院子，只是一間小公寓。我們沒有辦法帶著小黑一起搬家，於是你爺爺就叫我把小黑帶到遠處的田裡丟掉。」

「丟掉！太過份了！怎麼可以這個樣子，小黑又沒有做錯什麼事，就算有也不可以丟掉！」阿杰既訝異又生氣的質問著。

「那時候的動物保育的觀念還不發達，很多鄉下人家都是這樣處理無法照顧的寵物。」

安德語氣低沉的說：「我那時候年紀還小，不敢違抗爸爸的命令，也不知道要怎麼安頓小黑才好，所以我就照做了。」即使現在回憶起來，安德依舊感到愧疚與心痛。

「那你把小黑帶到哪裡去呢？」感受到爸爸的落寞，阿杰關心的問。

「我騎著腳踏車載小黑出門，牠還以為我們是要去散步，開心的跟著我。」說

著，安德已經有點哽咽了。

「然後把小黑帶到距離家裡兩個小時車程的地方……」

阿杰緊張的吞了吞口水，內心不安的聆聽著小黑的命運。

「結果呢？」

「因為聽說小狗會自己認路回家，所以我還特別用了一條小黑咬得斷的繩子暫時困住牠，然後騎著騎腳踏車離開。」

回想起那天，小黑睜著又黑又圓的眼睛看著自己的無辜表情，安德又是一陣心痛。

他還記得，那時候自己對著小黑大喊了一聲對不起後，就趕緊騎上腳踏車奔馳而去，小黑的叫喊聲一直在他耳邊環繞著，他不敢聽，只想加速逃離。因為太過驚慌，還因此連人帶車跌進了田邊的水溝。結果安德到家後不久，小黑也在天黑前跑回家了。

當他聽到小狗在院子裡叫喊的聲音，他趕緊衝出去察看，果然看到了小黑。從小到大的好友就和平時一樣在院子裡等著他，開心的對安德搖尾巴，彷彿在問，剛

剛的遊戲已經玩完了，現在要來玩些什麼？

安德求家人帶著小黑一起搬家被拒絕了。於是他再次騎著腳踏車，載著小黑，這次來到了山上。

安德將小黑留在山上，小黑果然又搖著尾巴跟了上來。安德聽從家人的指示，撿起一塊石頭丟向好友，不偏不倚的砸中了小黑的額頭，小黑哀嚎一聲，用無辜的眼睛看著安德。

安德繼續哭著向小黑丟小石頭，他又怕真的砸傷牠，又怕小黑以為他在玩，他邊丟邊叫著：「小黑，對不起，可是我再也不能養你了，你快點走開！走開！」

小黑最後夾著尾巴跑進了森林裡，既驚慌又困惑的逃離了好友的攻擊。

「小黑……嗚……」

阿杰已經泛著淚光了。

「於是，我和家人搬到了北部的小公寓，開始了沒有小黑的生活……」安德嘆了口氣。

「剛開始，我很想念小黑，每天放學時，還是會習慣在新家的巷口察看，期盼

能看到小黑的身影，當然小黑沒有出現。就這樣過了兩個月後，我適應了新環境和學校，也交到了許多新朋友，逐漸忘了小黑……」

「人們是如此容易忘記，曾經朝夕相處的好友……」安德感嘆的說。

「老爸……」

「直到有一天，我和朋友一起放學回家時，在馬路旁，我看到了一個熟悉的身影。一隻又瘦又小，全身髒兮兮，而且只有一隻眼睛和耳朵，腳還一跛一跛的，看起來既虛弱又多病的小狗出現在我的眼前……」

「我的朋友趕緊要我們離開，不要接近那隻狗，可是我知道，那就是小黑。」

「我隔著馬路大喊『小黑！』結果那隻看起來正在尋找東西的小狗抬起僅剩的健康耳朵朝著我的方向傾聽；我再叫了一次，那隻原本垂頭喪氣的小狗瞬間充滿了活力，牠用完好的眼睛看著我。在那眼睛裡，我看到了我的童年好友，我開心的想奔向牠，卻因為路上的車太多，我的朋友趕緊拉住了我。我等待著路上的車經過，雀躍的想快點擁抱小黑……」

「而牠一定也是相同的想法，一心只想快點奔向我……」

「我看到小黑向我飛奔，但沒有朋友拉住牠，在其他人眼中，那只是隻又髒又病的流浪狗……」

「一輛車經過，小黑就在我眼前被車子撞飛了出去……」

聽到這裡，阿杰倒抽了一口氣，驚訝的用手摀著嘴。

「我著急的跑到小黑身邊，牠被撞倒在路邊，身下是一灘血，我抱著小黑的身體，牠虛弱的舔了舔我的手之後就閉上了眼睛了……」

安德說完，阿杰已經用衛生紙擤著鼻子，邊哭邊說：「小黑……嗚……」

安德的眼睛也紅紅的。

「我將小黑埋在附近的小山坡上，現在那邊已經變成建築物了……」

「從此，我決定再也不隨意拋棄動物，也希望不要再有小黑的故事出現……」

父子倆此時都安靜了片刻，過了一會阿杰才想起，還有其他人的故事，他勉強打起精神問道：「那媽媽的呢？」

「對，還有你媽媽……」

安德說：「你知道，你媽聽得懂動物說的話嗎？」

「欸？」阿杰露出驚訝的表情。

「聽起來很靈異吧！」

「我們剛開始時也不相信，她原本不打算和任何人說的，那天如果不是因為大家都分享了自己的故事……」

「她說，她從小就聽得懂動物說話，她原本以為每個人都一樣。她和自己家裡養的動物做朋友，有小雞小鴨，還有小貓和小狗，小豬也是。直到有一天，她放學回家發現，沒有朋友迎接她回家，到了晚上，她看到豐盛的燉肉湯，才知道自己的朋友被送上了餐桌。從此，她再也不敢吃任何肉類，成為了純素食主義者。」

「難怪以前媽媽都只煮菜，留下來的食譜也都是蔬菜料理。」阿杰恍然大悟。

「那為什麼她不介意我們吃肉呢？」

「那就是你媽有智慧的地方，她了解只能要求自己，尊重每個人的決定。」

「我們運氣很好，都遇到了知心好友，在遇到各種困難時，能互相扶持幫忙，所以，要好好珍惜你的好友喔！」安德提醒著。

阿杰點點頭，他在心裡發誓，一定會珍惜好好珍惜波特和阿聰的友情。

將阿杰送回家後，安德來到了大望的病房。大望已經能從病床上起身了，他坐在床上問：「收容所還好嗎？」

「如你所說，只要一到半夜，狗舍就會開始吠叫。」

「最近也收到許多居民的抗議，說半夜的狗吠已經讓他們受不了了，希望我們能想辦法解決，以前都不會這樣的……」大望挫折的說著。

「你覺得這是怎麼一回事？」

「我之前有逮到人影，不過讓他給跑了……」

「所以是有人蓄意要騷擾動物了，但這麼做對他們有什麼好處呢？」

「安德，你想想，如果收容所搬遷了，對誰最有利呢？」

「怎麼想都還是只有一個可能。」

他們無言的對望著。

「可是我們沒有證據，也抓不到人……」

「就算抓到了，肯定也只是被指使的小混混，只要對方不承認，之後再找新的

手下來，我們的狀況還是沒有改善……」

大望挫折的坐在床邊，思考著可用的對策。

安德看著自己認識了大半輩子的好友。蕾蕾過世後，安德曾經一蹶不振，甚至無法照顧好當時只有六歲的阿杰。還好有大望的支持與鼓勵幫助他走過喪妻之痛，並選擇繼承愛妻的遺願，完成協會曾經訂下的所有目標，讓台灣成為動物保護的模範國家。

他對自己承諾，這次也一定要帶著協會與收容所度過所有難關。

09 狗狗救難事蹟
動物醫學
動物醫

波特優雅的站在公園的小舞台上接受頒獎。這是社區居民為了感謝波特以及大望的辛苦搜索而堅持舉辦的授獎典禮。既然推不掉，於是大望提議將典禮和每個月固定舉辦的園遊會一起辦。原本政府機關看到阿空大鬧園遊會的慘況，不想要受理協會舉辦園遊會的申請，但社區居民卻主動為協會與收容所做保證，成功讓園遊會照舊舉行了。

大望牽著戴著獎牌的波特走下公園的戶外舞台，波特昂首闊步，而大望在休養了一個星期後，雖然身體依舊虛弱，但在陽光下也顯得神清氣爽。

台下熱烈的掌聲感動了阿杰，他深深的為波特感到驕傲，掌聲拍的特別大聲。頒獎結束後，園遊會如往常般熱鬧展開，一點也沒有阿空屎彈事件的陰霾。

「吉美……」在人聲鼎沸的公園裡，吉美的飼主阿盼落寞的穿梭在義賣的攤子間，期待能奇蹟似的看到吉美的身影。

「爸……真的沒有吉美的下落嗎？」看著阿盼失魂落魄的樣子，阿杰擔憂的問道。

「因為吉美懷孕了，牠可能已經找到一個隱密的地方躲起來準備生產了，要找

到牠不是一件容易的事。」安德無奈的說。

「可是……阿盼哥好可憐喔！」

「放心吧！吉美會出現的，牠不會離社區太遠的。」

「嗯！」

幫不了阿盼，阿杰將心思放在園遊會上，如往常般忙碌著。

「今天的工作人員好像比平常多耶？」阿聰邊貼著海報標語邊問。

「嗯！因為今天有很多居民都自願擔任義工。」

安德熟練的確認著排班名單，接手大望的行政工作有數日了，他已經熟悉收容所的行政工作了。

「因為上次的阿空屎彈事件嗎？」

「沒錯，雖然我們考慮過讓阿空待在所裡，但是這樣就無法洗清牠的名聲了。你們看，如果沒有人激怒阿空或讓牠不安，牠是很親近人的。」

「所以又想讓阿空出來透透氣，又擔心牠會再跑出來，就乾脆加強警備嗎？」

「好像在拍電影喔！」看到有這麼多人自願協助，阿杰興奮的說。

「這可不是在玩啊！」大望提醒著。

就在他們討論的當下，不遠處出現的騷動吸引了他們的注意。

「老爸，有沒有聽到什麼聲音啊？」阿杰緊張的問。

阿杰才剛提出問題，一名工作人員慌張的跑過來報告：「會長，阿空又跑出來了！」

安德與大望兩人對望了一眼，默契十足的衝向阿空柵欄的方向，就在公園的步道旁看到阿空果然又跑出來逛大街了。還好這次所有人都有了警覺心，在第一時間內將阿空隔離了起來，並通知了大望和安德。眾人齊心合力，一下就將阿空引導回了籠子，也沒有讓居民們受到驚嚇。

「奇怪了，到底為什麼阿空會跑出來呢？」大望搔著頭皮，百思不得其解的問道。

為了確保安全，他們這次還特地加強門鎖，先前以為是阿空自己學會了開門，所以這次多加裝了一個鎖頭，為何阿空還是有辦法出來閒晃呢？

「該不會是有人故意放出來的吧？」阿杰猜想著。

「很有可能，說不定和晚上騷擾狗場的犯人是同一批。」安德謹慎的說。

「騷擾狗場？」阿杰沒聽過這件事，好奇的問著。

看到阿杰與阿聰兩人閃閃發亮的好奇寶寶目光，安德也無法再隱瞞，於是向他們說明了事件原由。

「最近這幾個星期，一到半夜狗兒都會特別不安的嚎叫，影響了附近居民的安寧。」

「什麼時候開始的呀？」阿聰問。

「什麼時候？我想想……」

大望托著下巴，瞇著眼睛努力回想著：「好像是都更案開會那陣子開始。」

當他們抱著胳膊，絞盡腦汁想知道這之間是否有關連時，一個工作人員跑了過來，報告了一件不尋常的事。

工作人員和居民一起逮到了一個打扮穿著看起來很詭異的年輕人，大熱天裡卻戴著口罩與棒球帽，在工作人員的包圍下，奮力嘗試掙脫。附近逐漸聚集起了人群將年輕人團團圍住。

「剛剛巡邏時，我發現這傢伙試圖打開阿空的柵欄。」工作人員說。

「我……我……只是想看看猴子而已！」年輕人為自己辯駁著。

「啊！」一個圍觀的居民突然大聲叫了起來。

「阿土伯，你認識他喔？」

被稱做阿土伯的老伯走到年輕人面前，仔細端詳著他的長相，近到讓年輕人不斷向後閃躲，卻礙於被工作人員包圍住而無法迴避。

「對呀！這不是阿桃家的小兒子阿三嗎？很久不見了，都長這麼大了喔？」阿土伯確定的說出了年輕人的身分。

「對耶！聽你這麼說，我也有印象了。」其他居民也紛紛附和著。

「阿三，你學壞了喔？」

「對呀！阿三，你在做什麼呀？」

居民你一言我一語，將阿三包圍在越縮越小的人群中。

「里長伯在嗎？」

面對突然喧嘩起來的民眾，大望趕緊尋找著社區中最了解每戶人家的里長伯，

希望能問個清楚。

「在在！」里長趕緊從人群中穿出。

和上次會議相比，里長伯今天只穿了件汗衫和短褲，一派隨興的樣子，手上還牽了隻小土狗，他也是帶著收容所的小狗回娘家的飼主之一。

「這個年輕人是社區居民喔？」

里長伯推了推他的老花眼鏡，仔細的確認後說：「是阿三呀！」

里長伯清了清喉嚨問道：「阿三呀！聽說你把阿空給放了出來呀？」

「我……我說過了，我……我……只是要看看猴子……哪……哪知道你你……們工作人員就不分青紅皂白的將人架起來……還……還誣賴我！」阿三一臉不滿的說，年輕的臉上充滿著叛逆。

「還敢說自己是被誣賴的，我們都看到了！」工作人員也毫不示弱的反駁著。

「阿三呀！說謊不好喔！你從小說謊就會結巴，我一聽就知道了。阿桃姨會很傷心的。」

里長伯推了推眼鏡說道：「有兩、三年沒見你了吧？你搬回來住了呀？怎麼不打聲招呼呢？」

被里長伯拆穿了謊話，阿三收斂了叛逆的表情，面露愧色。

「啊！是回來幫忙阿桃姨搬家的吧？」居民機靈的猜到。

「對喔！等到案子確定了，阿桃也要暫時搬家了吧！」

「對啦！就是要幫忙搬家才暫時回來住的。」面對老街坊鄰居的詢問，阿三終於語氣和緩的回答了。

聽到是為了幫忙搬家而回來的，大望突然有個直覺，他大膽的猜測道：「你是建設公司派來的嗎？晚上騷擾收容所的也是你嗎？」

「你……你在說什麼……我……我不知道啦……」阿三結結巴巴的反駁著。

「為什麼要做這種事？」里長伯不理會阿三的辯解，直接反問著他。

「你現在交待清楚，不然我們就送你到警察局去！」比起居民們，工作人員激動而直接的提出警告。

阿三被逼急了，乾脆一吐為快：「還不是因為你們收容所不快點簽字。我們家早早就簽了，現在就等你們了，你們卻一直不搬，其他人也不勸勸你們，那就乾脆

09 狗狗救難事蹟

我來幫忙算了。」

一說實話，阿三的口吃就消失了，與剛剛羞愧的模樣判若兩人，年輕的臉上滿是不在乎的表情。

「唉呦！阿三呀！話不是這樣說的呀！你也不想想，收容所好好的，也解決了很多流浪狗的問題呀！」

「對呀！阿三，也不是只有你們家在等，我們都在等呀！上次會議你不是也有來？你也知道，李醫生他們也有打算要搬，但也要等到找到合適的地點呀！而且他們開出的條件建設公司內部也還在討論，又不是只有收容所單方面的狀況！」

社區居民們你一言我一語，反而讓阿三更想為自己辯解：「可是新聞上都報導說這些就叫做釘子戶，如果不給他們點顏色看看，他們就會獅子大開口，不然就是堅持不搬。那我們一年前就簽下合約的怎麼辦？無止盡的等喔？那要等到什麼時候工程才可以開始啊？」

「新聞報的怎麼能信？他們又沒來開會，也不是當事人。你要知道，新聞就是唯恐天下不亂啦！你喔！就是沒來開會，才以為大望他們是釘子戶……」

大家你一言我一語，都站在收容所的立場講話，讓一旁的大望聽了很感謝。

「而且這本來就是個大工程，要急也是急不得的，總得顧全所有人的立場呀！你這傻小子，等等叫阿桃來教訓你，還是說根本是阿桃叫你做的？」

「和我媽無關啦！你敢叫你試試看！」阿三竟然不顧自己的處境，作勢就要打人。

「你兇什麼呀！」居民也動怒了，眼見兩人就要拳腳相向。

大望趕緊出來維持秩序大喊著：「大家請冷靜一點！」

大家合力分開了阿三和居民後，大望趕緊抓住機會問清楚所有的疑問：「上次也是你放阿空出來的嗎？」

「你不要亂栽贓喔！我只是看上次的效果很好，讓大家覺得收容所就是只會鬧事，所以我才模仿的。」阿三不屑的說。

「那晚上騷擾收容所？」

「那是我沒錯啦……」小三一臉無奈的說：「我想說，讓狗兒吵鬧一點，說不定附近的居民受不了，就會強迫收容所搬遷了。沒想到，牠們平常都不會亂叫，我

只好晚上去鬧牠們，就用一種超高頻的笛子，小狗聽到了都會『吹狗雷』的……」

「你對動物很熟悉？」大望頗為意外的問。

「我之前在市立動物園打過工啦！」

圍觀的居民突然讓出一條通道，原來是被通知事情原委的阿桃姨終於趕到了。阿桃姨人如其名，穿著桃紅色的裙子，因為年輕時的一場意外，她走起路來一跛一跛的很顯眼。

「唉呦！小三啊！你怎麼什麼也沒說就自己亂搞一通！」阿桃姨一見到阿三，劈頭就先興師問罪一番。

「還不是因為想要快點讓我們搬到新的社區，有電梯了之後，妳就不用每天爬樓梯了呀！」面對母親，阿三的態度軟化，聲音委屈的說。

「那也不能破壞別人的東西呀！」

眼見兒子可能會惹上麻煩，阿桃姨焦急的問：「大望、里長伯，你們打算怎麼處理呀？」

「阿三是做錯了事，我看還是把他送到警局，告他破壞私人財物未遂好了，畢

竟他也是成年人了，要為自己的行為負責。」

里長伯推了推眼鏡，毫不留情面的說：「小三，你知道錯了吧！」

「煩死了，要告就快點告啦！」

阿三一副無所謂的模樣，讓一旁的阿桃姨看了賞了他一記栗暴說：「你少說兩句！」

阿桃姨改向大望求情：「大望，你打算怎麼做呀？阿三是做了蠢事，不過這傻孩子也是為了我呀！」

「我知道，阿桃姨放心，我決定了。」

大望說：「我要請阿三到收容所當義工，一個星期三天，負責照顧動物到我覺得OK為止。」

「你還不如快點告我比較爽快。」阿三不屑的說道。

「你這死孩子，給你臉你還不要臉！快點給我答應，有機會彌補就接受啦！」阿桃姨嚴厲的說。

「我知道了啦！」阿三這才低頭，挫敗的對大望說道：「我會去當義工的，拜

託了……」

就這樣，阿三暫時由阿桃姨領回，而之後的園遊會也在居民的互助巡邏下，和平落幕了。

「原來這就是夜晚騷擾狗舍的真相呀！」阿聰模仿電視主持人的口吻，默默的點點頭說道。

「嗯！比想像中要來的溫馨呢！我還以為一定是有什麼重大祕密，比如商業競爭之類的！」阿杰也熱血的說道。

「你們兩個電視還是少看一點吧！」安德無奈的笑著說。

「那上次到底是誰把阿空放出來的呢？」

「對耶！剛剛阿三說不是他，那會是誰呀？難道真的是阿空自己跑出來的？」大望說道。

「汪！」一直在旁邊安靜等待的波特，突然叫了一聲。

原來是有許多人想和波特合照，但因為剛剛的突發事件被打斷了。

「啊！我們都忘記波特了。波特，來吧！你今天可是大明星呢！」大望開心的摸著波特柔軟的毛，領著牠與排隊的眾人合照。

頒獎結束後過了幾天，波特風光領獎的照片在網路上廣泛的被分享著。

原來是因為擔任義工的小霖將園遊會上波特的照片以及搜救事蹟上傳到自己的網誌，意外被轉發到時下最流行的社群網站上，許多網友看到波特的故事後，踴躍分享了波特的照片。於是小霖乾脆將協會的網站分享到社群網站上，沒想到收容所面臨的搬遷狀況受到了關切，莫名出現了許多願意贊助的訊息。

「欸！大望哥，你看這個網友說，他知道有塊適合收容所搬遷的地耶！」小霖利用值班時間更新網站時，收到了來自網友的訊息，他趕緊通知大望。

「真的嗎？可以和他連絡看看嗎？」

「我馬上連絡。」小霖積極的說。

就在利用網路資源以及網友的協助下，他們順利找到了適合搬遷的地點，除了資金並不齊全外，一切都很順利。於是安德抵押了房子與診所，向銀行貸款籌到了不足的搬遷費用。

就在一切都安排妥當後，安德回到家中向阿杰報告這個好消息，而阿杰正在家中試作香煎九層塔蕃薯餅，當然也是從蕾蕾留下的食譜上學的。

安德一進家門，就聞到飄散在整個空間的九層塔香味，讓人垂涎三尺。

「好香！」

「我做了番薯煎餅，有加九層塔，不過煎的火侯有點難拿捏耶！」阿杰端著一盤金黃色，還散發著熱氣的懷舊點心到安德面前。

「太好了，剛好可以拿來慶祝好消息！」安德開心的說。

「好消息？」

「我們找到適合的搬遷地點了！」

「真的？在哪裡？怎麼找到的？」阿杰興奮的一下子連問了三個問題。

「這都多虧了波特的功勞。」安德邊說邊嘗了一口蕃薯煎餅，表面有點焦，不過的確是令人懷念的味道，他還記得這是吃素的蕾蕾最喜歡的點心之一，味道濃郁又營養。

「波特的功勞？」

「你知道小霖很會用電腦吧？」

「嗯！小霖哥哥也有教過我，他說現在的趨勢就是網路。」

「就是這樣，他將波特的搜救事蹟上傳到網路，結果意外的受歡迎，小霖就順勢上傳了收容所的狀況，沒幾天就得到回應了。」

「波特好厲害！」

「對呀！」

「地點就在社區的西邊山區，那邊空間大，樹也多，雖然在半山腰，不過交通方便，有車子都不是問題！」

「大望已經在和建設公司詳談贊助計畫，希望能讓他們包下新的收容所建設，這樣協會可以節省下許多經費！」

「太好了！什麼時候要搬？」

「我以為建設公司都很勢利呢！」阿杰邊擺上碗盤邊說。

「你新聞看太多了，許多事情都是需要溝通的，有時溝通需要的時間很長，但不代表不想解決問題喔！」

「喔！原來如此。」阿杰動作迅速，桌上已經擺滿了三菜一湯。

「溝通呀！真的是門學問呢！」阿杰若有所思的點點頭，邊盛飯邊說。

「如果你在學校碰到人際關係的問題，我希望你能當做是溝通的練習課題。」安德意有所指的說道。

「那是因為老爸你們都是大人了！要我和柏凱好好溝通，再等上個八百年吧！他根本就聽不懂人話！」

一提到柏凱，阿杰就一肚子氣。不過最近波特聲名大漲，所以在學校裡，柏凱的態度也收斂了許多，讓阿杰小小的得意了一下。

阿杰心想，或許有一天柏凱也能改變觀念，了解任何動物並不是靠品種決定價值的，生命本身都是無價的。但那要怎樣的「溝通」才有辦法讓他了解呢？自己的理念要如何傳達呢？阿杰想到，爸爸和大望叔叔就是持續在為這樣的理念奮鬥著，所以他也要為自己認同的想法堅持奮鬥下去。

「那就慶祝我們找到新的收容所地點！」

「還有慶祝波特立下大功！」

他們父子倆開心的舉碗乾杯，當然也不忘供奉一份蕾蕾最愛的蕃薯煎餅給她。阿杰對著媽媽的照片祈禱著，希望她保佑他們的每天都這樣幸福平順！

10 工地競賽
動物醫學
動物醫

「我跟你說吧！可惜這次不是我出馬，不然一定可以讓些雜種狗的劣根性都暴露出來。」坐在教室最後一排的柏凱，此時正在班上炫耀著自己的事蹟。還以為波特讓他對品種的想法改觀了，沒想到才過幾天，柏凱又恢復了平時的模樣，在學校大談品種的重要。

不光品種，柏凱什麼事都可以炫耀，小到他新買的皮鞋，大到他爸最近又去了哪個國家，他都可以講成天大的消息，而班上就是有些人喜歡聽他說。

此時，正有一小群人包圍著柏凱，聽他大談某件事情。通常阿杰和阿聰都會到圖書館打發時間，比賽看誰能在一個學期內看完全套的野生動物雜誌。但現在已經是下午了，阿杰假裝了一整天，假裝自己沒聽見柏凱大約說了一百次的雜種狗和園遊會的字眼，他真的很好奇柏凱到底在說什麼？

「還有那隻蠢猴子，真是白癡死了。你有看到牠被嚇到的蠢樣嗎？超低級的，竟然丟大便耶！」旁邊的朋友趕緊跟著大笑，製造該有的音效。

阿杰終於忍耐不住，也不管阿聰的勸阻就衝向柏凱的座位質問他：「你說的猴子是在園遊會上的那隻？」

聽到阿杰的疑問，柏凱翻了一個白眼回答道：「除了那隻還會有哪隻？」

「你有去園遊會？」

阿杰忽視了柏凱不屑的語氣，他已經決定不被柏凱挑釁了，他比較意外柏凱竟然會參加自己口中的雜種活動，難道柏凱改變了？

「廢話，我不只去了，我還做了一件非常偉大的事！」柏凱誇張的說，他的聲調逗得旁邊的同學哈哈大笑。

「你再說一次嘛！你是怎麼做到的？」一旁的女生嗲聲幫腔問道。

「你做了什麼？」阿杰心裡有個不妙的預感。

「聽說上次園遊會有人試圖放出那隻笨猴子對吧？結果失敗了，真是個笨蛋。告訴你吧！第一次把猴子成功放出來的人，就是我！」柏凱露出得意的表情，等著旁邊的人給予鼓掌。

「是你把阿空放出來的？」阿杰驚訝的問道，一旁的阿聰也露出不可置信的表情。

「我已經說過了，你沒帶耳朵嗎？」

柏凱鄙視的看著阿杰說：「就算有帶，也是沾滿猴子大便的吧！哈哈哈哈！」

「你說什麼？」

「就像我說的那樣，上次那隻猴子竟敢給我難堪，牠以為牠是誰呀？你以為我會就這樣算了嗎？」柏凱露出憤恨不平的表情。

「所以你就把阿空放出來？」阿杰氣憤的問道。

「只是放出來而已，我還沒修理牠呢！」

柏凱囂張的警告：「告訴你，以後你們辦園遊會都給我小心一點，小心那隻猴子再跑出來丟大便！」

「我會告訴老師的！」

「你去說呀！反正你說了也沒用，只要我爸出馬，沒人敢動我！」

柏凱冷酷的說：「我也要讓其他人嘗嘗那傢伙大便的滋味！」

「那明明就是你們不對！」

阿杰氣憤的揪著柏凱的衣領說：「你做錯事竟然還不反省，只是一直把老爸當靠山！」

「你竟然說我不對！」

柏凱生氣的打掉阿杰的手，他整理著自己的名牌襯衫說道：「那我們來比比看到底誰才是對的吧！」

「怎麼比？」

「你和我來場敏捷犬障礙賽，帶著你那自豪的雜種來！」自從波特領獎，柏凱就一直想找機會修理牠。

「等你見識過我們家冠軍犬的厲害之後，你就不會在那邊為了區區雜種狗得意了。竟然頒獎給一隻雜種狗，你們的水準也太低了吧？」

柏凱嘲笑的說著：「我就讓你見識什麼才是真正的訓練師，那比你們這些門外漢在公園草地上亂跑要來的有格調多了！明天放學後，帶著那隻雜種狗，我們後山工地見！」

「我知道了。」阿杰生氣的說。

他們兩人憎恨的瞪視著彼此，教室裡充滿了火藥味，其他同學也不敢靠近激動的兩人，直到上課鐘響，阿杰大力的踩著地板回座位為止。

「你真的要和柏凱比呀？」坐在阿杰前面的阿聰趁著老師還沒進教室，轉身擔憂的問：「雖然柏凱是個智障，但是他們家在國際育犬協會的名氣不小，我得承認他的確有兩把刷子，夠格囂張……」

「是不是兄弟？」不理會阿聰的「漏氣」，阿杰問道。

「當然是啦！」

「既然是的話，就不要多嘴，幫我想辦法隱瞞

我爸吧！我們要把波特帶到比賽場地去。」

「看來也只能這樣了。」阿聰嘆了口氣，誰叫他們是最好的朋友呢！雖然不贊成這麼莽撞的比賽，但也只好支持了。

到了隔天放學，阿杰騙爸爸和大望說，要帶波特到阿聰家做美容練習。雖然安德頗意外阿聰對寵物美容有興趣，但既然是他的請求，也欣然答應了。欺騙安德讓阿杰很有罪惡感，但他們還是順利帶走了波特。

波特不知道自己要去哪裡，以為是和平常一樣去散步，所以開心的搖著尾巴。這些都讓阿杰感到很愧疚，自己利用波特……但想到是為波特出一口氣，阿杰又覺得自己有理了。

他們依約帶著波特來到指定地點，柏凱三人組已經到了，他們搭乘轎車去的，除了站在車旁的三人組以及司機，阿杰沒有看到任何小狗的身影。工地此時已經停止施工，工人們都下班回家了，偌大的工地只有他們幾個小小的身影，以及被傍晚的風吹揚而起的塵土。

「你們也太慢了吧？」柏凱抱怨著。

「那是因為我們是主角，當然要最後上場。」阿聰一如往常耍著嘴皮子。

「等等就知道誰才是主角了，到時候你們就哭著回家找媽媽吧！」

聽到柏凱叫他們回家找媽媽讓阿杰莫名生氣，更是決心要贏他。

「你的伙伴呢？」阿杰也擺出自認最專業的姿勢，雖然他只參加過幾次非正式的敏捷犬障礙賽，而且都有大望叔叔陪他出場。

「我帶的可是最名貴的冠軍犬，沒有習慣像雜種狗一樣用走。」柏凱傲慢的說。

看著停在一旁的黑頭轎車，阿杰猜想波特的對手就在裡面了吧！只見柏凱命令司機開了車門，車內散發出清涼的冷氣。

「你們竟然讓狗吹冷氣？」阿聰驚訝的問道。

「廢話，波希尼亞可是最名貴的敏捷犬障礙賽冠軍！」柏凱的語氣彷彿在說著車裡坐的並非一隻小狗，而是某個國家的國王。

一隻嬌貴的長毛大型犬從車裡跳了下來，牠的鍊子上鑲著水鑽，全身散發出芳

香異常的味道，和波特渾身的泥土草味全然不同。

一下車，波希尼亞就直接走到波特身旁，當牠靠近阿杰時，阿杰的確感覺到身為冠軍犬的波希尼亞有著高貴的氣質，讓阿杰直冒冷汗。

波特和波希尼亞就這樣打量著彼此，互相確認了彼此的味道後，波希尼亞隨即高雅的坐在柏凱身旁，一動也不動。

「哇！」阿聰不自覺的吹了聲口哨，這還是他第一次看見真正的冠軍狗，以前都只在圖鑑上看到過。

「是阿富汗獵犬耶！」他驚奇的對阿杰說。

「名貴又不代表會跑？你可不要也出現純種迷思了。」阿杰努力裝出不以為然的語氣說：「說不定牠等一下就因為擔心弄髒腳掌，然後就棄權了。」這些話連阿杰自己都不相信，但事已至此，阿杰也只好盡全力拼了。

「哼！等著瞧吧！」柏凱不可一世的說道。

比賽規則是帶著自己的狗兒，從工地最尾端穿越重重障礙到達另一端，期間只

要越過的障礙越多，分數就越高，最快跑完全程且穿越最多障礙的那組就贏了。除了比速度、反應，也比訓練師與狗兒之間的默契。

這是個大型社區的建築工地，看得出未來完工時將會有游泳池、地下室等設備。還在建設的工地如同天然訓練場，短短的一百公尺間佈滿了各種設備、坑洞，還有成堆的水泥通道，每個寬度都可以容納一輛機車綽綽有餘，粗大的鋼筋插在深色的泥土裡，砂土和水泥也成包成包堆積在一旁。

「我贏了的話，你要去道歉，說出是你害阿空失控的事實，而且從此不准再說雜種狗的壞話！」阿杰振作精神向柏凱宣示著。

「哼！等你贏了再說吧！」柏凱不屑的說道：「如果我贏的話，你要說服杜大望到我們家訓練狗。」

「這種事我做不到，大望叔有自己的想法！」

「真沒用，那就不准你再反駁我說的雜種狗壞話吧！畢竟我說的都是實話！」

「你說什麼？你都知道是壞話還不准人反駁！」阿聰不可思議的問道。

「而且你們兩個以後看到我……」柏凱不理會阿聰的抗議繼續說道：「都要叫

我柏凱少爺。」

「鬼才會答應！」阿聰馬上反駁。

「好。」一旁的阿杰卻篤定的同意。

阿聰不可置信的看著阿杰說：「阿杰，這太過份了！」

「你相信我嗎？」阿杰看著阿聰認真的問。

「這……」

「相信我和波特吧！我們有勝算！」阿杰自信的說著。

「為什麼這麼有把握？」

「你等等看他和波希尼亞的互動就知道了。」阿杰篤定的說。

他們擲硬幣決定了出發的順序，柏凱抽到先發。

「走吧！波希尼亞，讓他們看看真正的國際級敏捷犬障礙賽水準。」柏凱解開波希尼亞的鍊子。

阿聰和阿實則充當裁判，負責計時與記分。

阿聰一手拿著馬錶，一手高舉帽子，他專注的看著馬錶，尊貴的波希尼亞已經

蓄勢待發，阿聰一聲令下，柏凱與波希尼亞就快速往前衝，比賽就此展開。

令眾人傻眼的是，波希尼亞跑的飛快，瞬間就消失在眾人眼前，只見柏凱倉促的跟在後頭。

「欸……柏凱平常有和波希尼亞參加過比賽嗎？」阿聰困惑的問道。

「其實老大平常搭配練習的是傑利克，不是波希尼亞……」代替回答的是跟班阿實。

「那幹嘛不帶吉利客來就好了呀？」阿聰問道。

「是傑利克，因為老大覺得波希尼亞很帥呀！」

「可是柏凱和吉利漢的默契才是最好的吧？」

他們看著柏凱跌跌撞撞的跟著前方尊貴的冠軍狗……而波希尼亞完全不聽柏凱指揮，一意孤行向前衝。

「是傑利克……」

「我跟你說過了，相信我吧！」阿杰對著阿聰說：「我和波特會贏的。」

「為什麼這麼有把握？」阿聰看著飛快的波西尼亞，還是不了解阿杰的自信何來。

「你看，波希尼亞絕對是敏捷犬障礙賽冠軍沒錯，速度真的超級快。」阿聰看著波西尼亞奔跑的身影，已經深深的為冠軍狗的風采著迷了。

「可是牠根本不信任柏凱。」阿杰繼續說：「我猜這是他們第一次合作，而且柏凱一定是偷偷帶牠出來的。他們根本就沒有互動和交流，所以波希尼亞決定自己跑，免得傷到了自己。」

「可是波希尼亞跑得很快耶！」阿聰擔憂的說。

「但我們比的不只是速度呀！這樣的障礙賽還有加分項目。雖然波特的速度一定沒有波西尼亞快，可是波特信任我的指導。」

阿杰摸了摸在旁全神貫注的波特說：「我們等會兒會靠穿越障礙加分的，放心吧！對不對？波特。」後者以全然信任的眼神看著阿杰，不知為何讓阿杰想到了安德的小黑。

就在他們聊天時，波希尼亞已經衝回終點，優雅的坐在轎車旁等著司機幫牠開門。只見柏凱過了一會才跌跌撞撞的回到他們身邊，大口喘著氣，而波希尼亞已經

坐回車上，消失在黑頭轎車內，阿聰不捨的看了牠最後一眼尊貴的身影。

「呵……呵……咳咳咳……波……波希尼亞很厲害吧……幾……分……？」柏凱氣喘吁吁的問。

「波希尼亞是二十秒，可是牠沒有穿過任何障礙，所以沒有加分……」

「哼！波希尼亞才不屑走那些障礙，除非是最高級的材料和場地，牠肯跑這一趟就要感謝了！」柏凱高傲的說著。

「你是五十秒……雖然不計分……嗯……反正換算成分數是二十分，接下來就看波特的啦！」

阿聰看了波特一眼，發現波特雖然沒有尊貴的氣息，可是全神貫注的神情卻比波希尼亞還要迷人。

「波特，交給你了。」阿聰忍不住伸手摸了摸波特的頭說：「我相信你。」

波特用尾巴掃了阿聰一下做為回應。

阿杰也摸摸波特的頭，他們都已蓄勢待發。

在阿聰的指示之下，波特與阿杰一同起跑，他們同心協力穿越了大部分的水泥

通道，跳越了水泥牆，默契與速度一如往常，並沒有因為場地改變而削弱。

「看來光是這些障礙的得分，阿杰和波特的分數就快要追上你們了……」阿聰得意的說。

「哼！還沒比完呢！」柏凱嘴硬的說。

阿杰和波特漂亮的滑下水泥塊做的台階後，兩人同時抵達了終點，阿聰趕緊按下馬錶。阿杰喘著氣，而波特則開心的用頭磨蹭著阿杰，開心兩人又完成了一次完美的練習。

「三十二秒……」

「哼！果然是雜種狗，速度和波希尼亞差了兩倍，真慢。」柏凱不屑的說。

「可是因為波特穿越了許多障礙，換算成分數是二十五分。」阿聰計算完所有分數後，悠哉的補充道。

「怎麼可能？」柏凱吃驚的問道。

「你自己也看到了，有阿實做證。」

「老大，那隻狗的確拿了這麼多分數……」

「我們贏了！波特！」

阿杰開心的抱著波特的脖子，而波特則用舌頭舔著阿杰。

「哼！這場不算。」

「柏凱，你想要賴帳喔？太難看了吧？」

「那當然，我只是一時興起，怎麼可能真的和你們比賽，不要往自己臉上貼金了，我們走！」

「等等，你這卑鄙的傢伙！」

阿聰喊著：「你答應過之後不會再說雜種狗的壞話，我要你收回剛剛的話，向波特道歉！」

眼見柏凱就要率領著跟班離開，突然一聲細微的哀嚎聲吸引了他們的注意。

「阿聰，你有沒有聽到什麼？」阿杰謹慎的問道，多次陪伴爸爸和大望一同前往救援流浪動物，已經讓他磨練出敏銳的感覺。

「好像是從那邊傳來的？」他循著聲音來到了大樓的地基洞裡，在陰影中，他們看到了一個圓圓小小的屁股，搖晃著粗粗短短的腿探尋著世界。

「是吉美！」阿杰驚訝的說：「原來吉美跑到這邊來生產了！」

「阿聰，快點通知我爸和大望叔叔！」

「欸！柏凱，你家的車上有電話吧？借一下吧！」阿聰趕緊叫住想要上車離開的柏凱三人組。

「不要，憑什麼我要幫雜種狗？」

「就憑你剛剛輸給了我們。如果你不幫，我明天就到學校告訴大家，你剛剛被波希尼亞狠狠甩在後頭的蠢樣！」

柏凱彷彿在衡量得失般，最後一臉狼狽的說：「好吧！就借你們一次，快點打一打，我要回家了。」

阿聰得意的坐進了高級轎車裡，大方使用裡面的電話撥給大望叔，而事不關己的波希尼亞優雅的坐在他身旁。

阿杰靠近了地基洞裡，著迷的看著吉美和牠的小狗，他發現吉美總共生了五隻小狗，其中有三隻繼承了吉美全黑的毛色，另外兩隻則參雜了白色的斑點，彷彿是乳牛一般。

其中一隻像乳牛的小狗，在鼻頭的正中央有一點黑黑的斑點，腳掌則像穿了雙白色襪子，而尾巴最末端也是白色的，彷彿豎著代表投降意味的白旗。

吉美將窩建在地基的陰影處，阿杰記得如果突然去驚動到狗媽媽，為了保護小狗，吉美可能會攻擊他們，所以阿杰保持著距離，擔心驚動到那窩小狗。突然，那隻豎著白旗，穿著白襪子的乳牛斑點小狗，彷彿受到阿杰的味道吸引，搖著屁股朝阿杰走了過來。才出生兩個星期的小狗走起路來搖搖晃晃，阿杰擔憂小狗會掉進一旁的地基裡，才擔心著，說時遲那時快，小狗腳步不穩，眼見就要摔進了一旁的大洞裡。

阿杰反射性的衝上前接住了小狗，擁著柔軟的幼犬，他正鬆了一口氣時，沒想到腳下的泥土鬆軟，無法沉受阿杰的體重，泥土一鬆，阿杰懷抱著小狗，連人帶狗摔進了大洞裡。

阿杰只記得抱著小狗的右手腕一陣劇痛，他聽見阿聰緊張的吶喊以及波特的狂吠，接著就失去了意識。

11 輪椅舞蹈家
動物醫學
動物醫學

阿杰被送往最近的醫院急診室已經是過了一段時間之後，他掉進的坑洞太深，即使有柏凱的司機在，也無法憑一己之力拉他上來，在他們度過了充滿恐懼的二十分鐘後，救護車終於到了。

在焦慮的眾人旁，另一個漫長的二十分鐘之後，阿杰才被小心的綁在擔架上拉了上來，接著在緊急的二十分鐘後，阿杰總算被送進了醫院急診室。此時，他的右手因為受到壓迫，已造成部分組織壞死；而摔進坑洞時，佈滿了各種生鏽器材的洞穴，也讓阿杰受到細菌感染。

阿杰全身佈滿傷痕，大大小小的傷口有深有淺。當他被救出洞穴時，阿聰看到渾身是血的阿杰，既激動又害怕；而隨著救護車趕到的安德，更是瘋狂的呼喚著阿杰的名字，讓當時在場的人都感到心有餘悸。

這次的私下比賽讓柏凱受到嚴重教訓，他被永久禁足，除了上學，不准到任何地方；他的父親特地從國外趕回來，因為柏凱擅自將家裡的百萬冠軍犬帶到危險的工地，雖然沒有受傷，但狗兒明顯受到了驚嚇。而有個男孩因此受重傷的事，也讓柏凱的父親憂慮著自己的聲譽。

手術過後幾天，阿杰在病房醒來，他一睜開眼睛，就看到全白的天花板以及全白的牆，一時還不了解自己身在何處。

他聞到消毒水和藥水的味道，而爸爸則雙手抱胸坐在床旁邊打瞌睡，彷彿很累的樣子。

阿杰醒來的第一念頭，是擔心自己偷偷帶著波特去比賽的事情會被責備。

「爸？」阿杰嘗試叫喚著安德。

聽到阿杰的聲音，安德猛然驚醒。

「阿杰！你醒了！有沒有哪裡不舒服？」安德著急的問著。

「爸，對不起。」才剛開口，阿杰就覺得自己很虛弱，他沒理會安德的詢問，只是一股腦急著向安德道歉：「我偷偷帶波特出去……我不會再跟柏凱計較了……請你原諒我……」

「沒關係的，已經沒關係了……」安德用言語安撫著阿杰。

「我要跟你說件事，你要保持冷靜……」安德不安的說：「你救下的小狗，大望叔叔已經帶回去了，還有吉美也是……」

「我是因為要救小狗才掉進洞裡的。」阿杰還是急著想解釋。

「我看到了吉美，牠生了五隻小狗，其中一隻差點掉進洞裡，我抓到牠了，可是地板塌了……我的右手就好痛……我的右手……」阿杰抬起右手腕想檢查，卻發現原本連結手掌的部分空空的，只剩下一個奇異的圓柱體包裹在層層的紗布裡。

阿杰疑惑的問：「我的手呢？怎麼不見了？」

安德不禁紅了眼眶，難過的說：「阿杰，因為感染和組織壞死，所以你的右手必須截肢……」

安德回想起當醫護人員告訴他，阿杰的右手已感染壞死，必須截肢時，他痛苦考慮了許久，看著全身包滿紗布，躺在病房的兒子，才終於下定決心，顫抖的簽下了手術同意書。

現在，他必須比兒子還堅強才能幫助他走過艱難的時期，卻還是無法克制悲傷的情緒。

剛聽到消息的阿杰沒有太大反應，或者說是反應不過來，他呆呆的問道：「那什麼時候可以裝上去？」

安德默默的搖了搖頭，再也忍不住眼淚而哭了出來。

「不會裝上去了……對不起……對不起……」

看到平時穩重的爸爸竟然哭得那麼傷心，阿杰感到很意外，也跟著哭了起來。淚水讓他的視線變的模糊不清，他看著房內慘白的日光燈管，在沒有任何色彩的房間裡，阿杰感到一陣暈眩，又昏了過去。

日子一天天過去，與剛聽到消息時的狀況相比，阿杰表現的很冷靜。但當他復原的狀況順利，開始嘗試用左手拿筷子吃飯時，他總是會笨拙的將食物掉到地上，或者打翻餐盤。當這些日常生活讓他真正意識到到自己只剩下一隻左手，未來將無法成為獸醫後，他終於了解到自己從小到大的夢想破滅了，阿杰失去了重新學習的耐性，開始自暴自棄。

每天都有人來探望他，阿聰總是會帶著作業來給他。

「我又沒有手可以寫字，你帶作業來幹嘛？」阿杰挑釁的說道。

面對好友的意外，阿聰展現了超越自己年齡的適應力與耐性。

「你有左手。」他冷靜的提醒著。

「我連吃飯都吃得像智障一樣了，怎麼可能寫得了字？」

每天阿聰總是碰了一鼻子灰，默默的離開。大望和小霖也定期來探望他，他們試圖轉移阿杰的注意力，告訴他許多新消息。

「收容所已經確定搬遷的日期了，等你出院，我們一起去整理。」

「無所謂了，和我沒關係，我只有一隻手，幫不上什麼忙。」阿杰一反過去對動物的熱情，冷漠的說道。

他覺得自己被世界拋棄了，既然這個世界不管他的死活，他也決定不再關心世界。

大望和小霖紅著眼眶離開了。

柏凱的爸爸也帶著柏凱來看他，柏凱爸爸穿著體面，面對躺在病床上的阿杰，柏凱一改平時的態度，沉默的跟在爸爸身旁。

「聽你爸說，你打算當獸醫呀？」

「我剩一隻手，又怎麼有辦法當獸醫？這世界上才沒有一隻手就可以治療動物

的醫生……」阿杰自暴自棄的說著。

「……」

體面的柏凱和爸爸找不到話聊，也離開了。

安德每天都到醫院陪伴阿杰。只有面對爸爸，阿杰才會放下充滿憤怒的態度，露出放鬆的微笑，態度平靜順從。

「那隻小狗還好嗎？你後來都沒有跟我說了……」阿杰不只一次問到這個話題。

安德沒有回答，時機未到。

「爸，媽媽那時候住院，也是這麼痛嗎？……我的右手還是好痛喔！」

阿杰啜泣著：「為什麼右手會痛呢？」

自從醒過來之後，阿杰經常覺得右手很痛，他不敢看右手手腕，手腕下空蕩蕩的，讓他很害怕。

面對兒子的狀況，安德心痛不已，他看著愛妻忍受著病痛而去，現在心愛的獨生子又失去了一部分肢體，他也只能盡量為阿杰打氣，鼓勵他。

「一段時間就不會了，等你接受了這個事實。」這句話安德沒有說出口，因為連他也還在嘗試接受事實中，他不知道要多久，但有一天一定會，他現在能做的就是鼓勵阿杰，陪在他的身邊，如同過去他能為蕾蕾做的一樣。

安德了解生命自有道理，在為流浪動物服務了這麼多年，許多不公平的生老病死他都見識過。

一隻缺少了腿的小狗如果不想行走，即使給牠義肢也站不起來，但通常動物都不會意識到自己少了腿，牠們只是接受並繼續生活，活在當下。

生命的難題在於，如何順從的接受來到生活中的苦難，並轉化為成長的力量，他只能等待，等待阿杰找到自己的力量。

為了住院的阿杰，安德終於打開了蕾蕾留下來的食譜，每天按照食譜做菜給阿杰吃。

過去，安德一直不敢正視蕾蕾的遺物，除了必要的研究筆記以外，他依賴著還是孩童的阿杰展現驚人的適應力為他打點一切。現在，為了阿杰，安德坐在蕾蕾經常坐的窗邊看著她親手寫下的食譜與日誌，而非動物研究。

阿杰躺在病床上，想起媽媽最後一次和他說話的身影。

那時，媽媽也是躺在病床上，已經沒有頭髮的她，皮膚蒼白，在充滿陽光照射的病房內，光線彷彿可以穿透她的身體；阿杰有時候會覺得輕輕碰一下媽媽，她就會隨著光線消失。

雖然很虛弱，媽媽還是對他露出溫暖的微笑。

「動物是我們永遠的朋友，牠們能教會你很多事情。」媽媽平靜的笑著說，彷彿自己還是和平常一樣，沒有任何不適或疼痛。

媽媽到底是如何戰勝病痛的？

在醫院時，阿杰有時會做夢，夢中，他被抓到一個地方，在那裡所有的小孩都必須努力工作，做一種只能用右手操作啟動桿的無聊工作。

他看到有小孩偷懶被罵，他很害怕，想要努力做好自己的工作，但正要操作啟動桿時，卻發現自己沒有右手，因為他的右手被放在一個機器上，血淋淋的右手隨著輸送帶送到前方的集中站，那邊堆積著成千上萬的右手。他追著輸送帶跑，輸送

帶卻離他越來越遠，阿杰猛然驚醒，才發覺那只是一場夢。他鬆了一口氣，想看看右手還在不在，他低頭看到包著紗布的手腕下空蕩蕩的，他才發現那不是夢，他的右手已經消失了。

他每天晚上都做惡夢，從夢中驚醒，然後又哭著睡著。

除了躺在病床上和定期去做檢查外，阿杰完全封閉了自己，將自己與現實生活隔開，安靜的待在屬於他的病床上，定時吃睡。

那天醫院的氣氛特別熱鬧，連把自己關在病房的阿杰都感受的到。護士幫他做完例行的換藥和包紮後，阿聰來找阿杰，雖然阿杰不會寫他每天帶來的作業，但還是每天期待著阿聰的探望。

阿聰將那天的學習單遞給阿杰，就見阿杰隨手拉開病床旁的抽屜塞了進去，阿聰瞥見裡面滿滿的學習單被隨意的塞成一團。

「我們來玩動物問答吧！」阿聰提議。

「不要。」

不理會阿杰的任性，阿聰自顧自的繼續說著：「如果我贏了，你要答應我一件事。」

被阿聰的條件勾起了好奇心，阿杰自嘲著回答：「也是，反正現在也沒有書包好揹了，只要不是要我拿筆寫字都行。」

「你現在寫的字連幼稚園兒童都寫得比你好。」阿聰說道。

自從瞭解了阿杰的狀況後，阿聰知道阿杰最需要的不是同情，而是重新振作起來的鼓勵。當看到好友一再耽溺在自憐的情緒中，反而讓阿聰很是傷心，他想要找回那個充滿活力，熱愛生命的好友。

聽到阿聰的回答，阿杰馬上被逗得哈哈大笑，原本是右撇子的他，用左手寫字就是醜。

大部分的人都害怕提醒他，來探望他的人都不敢提他的右手，但阿聰就是毫不在乎，還是和平常一樣的奚落著他，彷彿他的狀況並非是少了一部分肢體，只是掉了幾根頭髮，不久就會長回來一樣。

就像他母親的態度一樣，彷彿不打算永遠離開他，只是暫時沒辦法住在一起了

而已。

直到多年後，阿杰最感謝的依然是阿聰自在陪伴在身邊的態度，沒有過多的憂傷憐憫，也沒有同情和憤慨，就只是和平常一起相處而已。

「那要答應你什麼事？」

「如果我贏了，你要陪我去個地方，而且除非我想離開，否則你都要在那裡陪我。」

「那有什麼問題！」面對阿聰奇怪的條件，阿杰一口答應，接著反問：「那我贏了呢？」

「我也答應你一個要求。」

「嗯……那就……」

阿杰左思右想，暫時想不出自己有什麼要求，他靈機一動說：「那就告訴我那隻乳牛狗的事吧！就是我救起來的那隻，我問了我爸，但他都不跟我說。」

阿聰面有難色，但還是答應了，於是問答開始。

「請說出世界上懷孕期最久的動物！」

「大象，這太簡單了，換我了！」

阿杰和阿聰兩人沉浸在知識的世界裡，兩人都是問答高手，不分上下。經過幾輪比試後，兩人比數相當，依舊不分勝負。

「請回答，目前動物義肢的普及度？」

當阿杰聽到義肢兩個字，他表情一沉，不悅的說道：「這和動物的知識沒關係吧！」

「那我換個問題，請問一隻狗如果少了一隻腳，牠還活的下去嗎？」

「廢話，你又不是沒見過收容所裡的狗兒，有些因為車禍只剩三隻腳，還不是活得好好的。」

「那人呢？」

阿杰不願回答。

「答案是可以的，而且一樣可以活的很好，我比你多一分。」阿聰自顧自的將自己封為勝者。

「這算什麼問題？」

「反正願賭服輸。走吧！我們說好的。」

雖然不滿結果，但好奇阿聰的目的地，阿杰還是不情願的跟著阿聰來到了醫院交誼廳。

廳內已經擠滿了人，阿杰看到交誼廳的小舞台上有個坐著輪椅，打扮得很美的女子，她的下半身披著華麗的領巾，領巾下的肢體空空如也。

阿杰臉色鐵青的說：「你就叫我看這個？」

看到阿聰篤定的點頭更讓阿杰火大。

「你是要提醒我，我以後就是個殘障，只能到醫院表演，逗人發笑是嗎？」阿杰生氣的說。

「隨便你怎麼說，反正我贏了，你要陪我到我想離開為止，我想看完表演，就這樣。」阿聰聳聳肩，毫不在意阿杰隨意亂發的脾氣。

阿杰緊抓著自己的右手腕，強忍著想衝出交誼廳的衝動。

在表演開始前，女子介紹自己是個輪椅舞蹈家，接著說了一段關於她的腿的故事。

「我的雙腿在國小的時候就出車禍截肢了，當時我十歲，剛拿到舞蹈比賽的冠軍，夢想成為專業的舞者。」她微笑的說著。

阿杰驚訝的聽到對方出事的年齡比自己還要小，而她的雙腳都沒了，但自己還有一隻手；阿杰逐漸被講台上看似瘦小的女子吸引，想走的衝動已經消失了，取而代之的是無比專注的聆聽。

輪椅舞蹈家繼續說道：「出事後，我在病床上自怨自艾了二十年，這二十年，我都在怨恨上天對我的不公平，怨恨著許多人。」

阿杰慚愧的想到這就是自己的狀態，怨恨是理所當然的，他不只一次在心裡問老天爺，為什麼是他？為什麼是最重要的手掌？

「直到我遇到了我的先生。」當她說到她先生時，一旁也坐在輪椅上的男性露出靦腆的微笑。

「他鼓勵我追求自己的夢想，不要將殘障當做是阻礙，而是接受身體狀況，並在其中找到實現夢想的方法。」

「我們一起追求舞蹈，才知道原來有一群人跟我們一樣，身殘心不殘；我也才

知道，就算是殘障也有殘障的舞蹈，我的其他肢體依舊可以表演，我還是聽的到旋律，能數節拍，我也還有手。」

他們兩人相視而笑，開始了一段比起專業舞者毫不遜色的舞蹈演出。演出結束後，病人們紛紛向前和舞蹈家道謝，只有阿杰臉色陰沉，快速的離開了交誼廳，阿聰趕緊追上去。

「我看完了，所以呢？」

「我想讓你知道，就算失去了一部分肢體，還是可以實現夢想的！」

「我們的情況根本不同！」

阿杰生氣的說：「我當然知道她很厲害，重新振作了起來，可是她的夢想又不是當獸醫，也不需要用到手！」

「情況是一樣的！她的夢想是跳舞，但卻被奪去了最重要的雙腳！」阿聰不放棄的勸說著。

「我也沒有支持我的伴侶，你的意思是要我去找個沒有手的女生嗎？」阿杰怒吼著。

「你還有很多朋友！還有關心你的家人！」阿聰也激動了起來，大聲吼回去：「你可以選擇就這樣自怨自艾的浪費時間，也可以選擇重新振作！」

「你說的簡單，又不是你沒有了右手！」

「就因為不簡單，你才要證明你做得到！」

阿杰怒視著阿聰，後者也不甘示弱的回瞪著阿杰。

終於，阿杰忍不住低下了頭，委屈的說：「我做不到……」

阿杰突然哭了起來，一點也不在乎形象，還不時的用綁著繃帶的右手擦鼻水，纏著白色繃帶的圓柱狀手腕沾滿了鼻水，看起來濕濕黏黏的。

見到哭泣的阿杰，阿聰毫不放棄，繼續說：「你愛護動物的熱情就這麼容易熄滅嗎？我們一起累積的知識，我們說好要一起拯救動物的夢想，如果你放棄了，那我怎麼辦！」說到這裡，阿聰也忍不住跟著哭了起來。

「我怎麼知道！我連自己該怎麼辦都不知道了！你幫我想想辦法呀！我該怎麼辦！」阿杰用僅存的左手揪著阿聰衣領，激動的吶喊出自己所有的無助、不安和恐懼。

他們兩人抱在一起哭了一會兒，直到兩個小男孩宣洩了彼此的情緒後，才意識到各自的失態，默默的分了開來，互相轉頭，以最快的速度擦乾眼淚。

「我們剛剛超糗的……」阿聰靦腆的說。

「你敢說出去，我們就絕交……」阿杰吸著鼻涕說。

「不用你說我也知道啦……」

「不要誤會，我喜歡的是女生喔！」

「廢話，我也是！」

「……那我明天再過來看你。」

尷尬的兩人一起走回了病房，假裝剛剛沒有抱在一起痛哭過。

「……嗯……」

「阿聰，謝謝你。」阿杰臉色靦腆的說。

「謝什麼？」

「還是兄弟嗎？」

「當然啦！你現在超酷的，跟著你，我可拉風了。」阿聰又回到了耍嘴皮子的

輕浮樣，擺了一個自以為帥氣的姿勢後才離開病房。

看著阿聰離去的身影，阿杰心裡默默下了一個決定。

住了一個月的醫院，阿杰終於可以出院了。他手上包著三角巾，安德為他提了行李，在醫院門口，大望載著阿聰開車來接他們。

「回家前，我們先去一個地方。」

他們四人沉默的坐在車裡，大望流暢的將車子開往山區。出現在阿杰眼前的，是全新的協會與收容所，比原本的園區更大，但依舊有著寬廣的草地和樹蔭，而草地前，依舊有隻巨大的動物朝阿杰狂奔過去。

「波特！」被波特撞倒在地的阿杰用左手抱著牠，心滿意足的搓揉著牠柔順的皮毛。

阿杰住院期間，因為醫院禁止寵物進入，他們已經有一個月沒有相見了，而波特也熱情的回應著阿杰，照舊將他的臉舔滿了口水。

「阿杰，來這邊。」

安德抱著一隻乳牛色的小狗，小狗很像大麥町，但斑點卻比大麥町來得大，在鼻頭的正中央有一點黑黑的斑點，腳掌像穿著白色的襪子般，而尾巴則彷彿豎著投降的白旗。

「啊！是牠！」阿杰驚喜的看著安德懷中的小狗說道。

「小狗還沒有名字，你幫牠取吧！」大望說。

「那叫牠多多！」

「那麼，多多有一項禮物要送給你。」

「禮物？」阿杰笑了出來，一隻小狗能送什麼禮物給他呢？

安德將多多放在地上，多多有點站不穩，搖搖晃晃的走向阿杰，阿杰這才注意到多多的右前腳掌是金屬製成的。

「爸爸，多多的腳？」阿杰驚訝的問。

安德默默的點點頭說：「動物的生命力真的很驚人，多多的前掌也因為那場意外而截肢了，我們幫牠安裝了義肢，一個月後牠就恢復的差不多了。」

收容所積極研究的義肢計畫成功的在多多身上實現，他們預估未來將有更多的

狗兒能夠受惠。

「多多！」阿杰親暱的喊著小狗的名字。

「我們一樣都少了一部分的肢體耶！可是你好堅強喔！」

彷彿是回應阿杰的話，多多開心的嚎叫了一聲，繞著阿杰的腳打轉。牠還沒有習慣新的腳掌，一再跌倒，一屁股坐在阿杰的腳上後，又重新站起來搖著圓滾滾的小屁股奔跑著。

「爸！」阿杰看著多多，彷彿下定決心般說：「爸，我還是決定要當獸醫，或許不能執刀，但我會找到方法的。」

「我們會找到方法的。」安德微笑的看著阿杰，他的獨生子已經找到自己成長的力量了，他相信他們可以一同度過難關的。

安德感動的看著阿杰與多多在草地上開心奔跑的模樣，他心想，每次的失落，都讓他們學會了寶貴的一課。在他的回憶中，蕾蕾是笑著離開的，如此平靜喜悅，全然接受了生命的安排，直到最後依舊堅持獻身保護動物的夢想，留下了許多研究筆記。

他相信自己的兒子，也將繼承母親堅強的意志，堅持夢想。

從辦公室走出了一個戴著棒球帽的年輕人呼喚著大望。

「欸！所長，有個孫先生打電話來。」

「好，阿三，謝謝，我馬上過去。」

阿三現在已經成為收容所的正式員工，甚至和阿空感情良好，成為牠的專門飼養員，只見他已經收起過去叛逆的表情，專心的搬運著飼料。

萬里無雲的天空下，孩子們以及動物們活潑的在草地上奔跑追逐著，剛刷好的白色圍牆在太陽下閃閃發亮著，彷彿象徵著他們閃閃發亮的未來。

12 十九歲的老夥伴

「這就是多多的故事了。」阿杰教授對著台下的小朋友說道。

「那波特呢？」

「波特呀！波特還有另一個故事，但我們時間有點不夠……」

「欸！」小朋友紛紛發出抗議。

「還有沒有問題？」不理會台下的反應，阿杰繼續問道。

「那阿空和阿龐呢？」

「牠們呀！牠們在新的收容所過得可愜意了呢！不過動物的壽命不像人類那麼長，剛剛故事中的動物朋友們，大部分都已經陸續過世了。如果各位有興趣到收容所參觀，還是可以看到其他的動物……」阿杰輕鬆的說道，繼承父親安德的風格，他一向不喜歡用死亡來嚇唬孩子。

「小小動物園現在還有動物嗎？」

「有喔！還多了幾隻烏龜和山羊。」

台下又是一片騷動，似乎在討論著山羊和烏龜哪個比較吸引人。

「所以請各位一定要記得，不管想養什麼寵物都要做好心理準備，確定你們可

以陪伴寵物一生，不然你們心愛的寵物就有可能流落街頭，或者……」

「或者被送到收容所！」有個小孩大聲接著說。

「可是，聽起來被送到收容所感覺很幸福呀！你看，多多和阿空都被照顧得很好耶！」所有的孩子都紛紛認同的點點頭。

「其實接下來要跟各位說一般收容所的狀況……是比較嚴肅的話題哦！」

「那我們不想聽了！」

「那就糟糕了，那我的課程就只上了一半，拜託大家聽一下吧！好嗎？」

「喔……」台下稀稀落落的回應著。

「雖然協會努力讓社區成為無流浪動物、無棄養的地區，也已經成為其他鄉鎮的指標了，甚至有國外的協會邀請我們過去指導方針，可是……」

阿杰深吸了一口氣後才說：「在台灣還有許多收容所會定期安排動物安樂死。」

「什麼是安樂死？」

「就是注射藥物，讓動物在無痛中死亡。」

「咦？」

阿杰已經很習慣台下出現震驚的反應。

「雖然這也是一種維持動物與人類社會平衡的方法，不過還是請各位記得，在養寵物以前，一定要確定自己願意承諾寵物的一生喔！」

「喔！」

看到台下熱烈的反應，阿杰知道動物生命教育的種子已經在小朋友身上發芽，他相信下一代的孩子們將持續傳承生命寶貴的觀念。

結束了課程後，阿杰走到校門口準備回家。校門前停著一輛破爛的中古車，一個站在車旁，充滿活力的長者走向阿杰，並將車鑰匙交給他；阿杰接過鑰匙，坐進駕駛座，他靈巧的使用著義肢手掌駕駛方向盤；多多則乖巧的趴在後座，上了年紀的牠只要一有空就會打瞌睡。

「老爸，要直接回家嗎？」阿杰對坐在副駕駛座的長者問道。

「先去協會吧！我還有一些事要處理。」臉上有著皺紋線條的安德說。

他們一起回到了位於半山腰的保護動物協會，協會的圍牆閃閃發亮，阿杰和阿

聽上個月才率領義工一同重新粉刷過。

他們越過保養妥善的草坪走進辦公室，成熟又帥氣的阿聰正笑嘻嘻的和來訪的女性友人閒聊，完全不改他愛耍嘴皮子的個性。

「哈囉！阿杰，今天如何？」

「嗯！反應不錯。大望叔叔呢？」

「他去參加台中分會的會議，今天會晚點回來。」

阿聰正經的對安德說：「會長，柏凱的支票已經匯進了，要請您回覆收據。」

「好，我就是來處理這件事情的。」

阿聰將待處理的資料一併交給安德。安德依舊是協會會長，但他已經在考慮慢慢轉移工作給年輕的一輩。

自從阿杰受傷後，柏凱就沒有再與阿杰起過衝突，也不再說米克斯的壞話；甚至在繼承了父親的工作後，柏凱成為收容所最大的贊助者，定期提供資金，並且改變了自家狗場的經營方式，引進協會的寵物領養守則，飼主必須簽下寵物合約才能購買小狗。

「今天是多多退役的日子，我準備了多多最喜歡的潔牙骨，鮪魚口味的喔！」阿聰從抽屜拿出綁著蝴蝶結的潔牙骨在多多眼前晃了又晃，但只見多多安詳的趴在自己的老位置，將尾巴上的那面白旗收在身下，一動也不動。阿杰只好接過骨頭，拆開蝴蝶結後拿到多多面前給牠；多多欣然收下禮物，用前腳寶貝的抱著，不久就進入了夢鄉。

「多多累了吧！牠今天辛苦了。」阿杰心疼的說。

「還記得當時波特退役時，也差不多是這個年紀呢……」阿聰感慨的說。

回想起波特，所有人都露出了微笑。

他們最忠實的老友，在和阿杰一同獲得國際性敏捷犬障礙賽冠軍，成為該賽事年紀最大的參賽者和紀錄保持者後，留下了牠的紀念品後就離開了他們。

按照安德的說法，是先去找蕾蕾敘舊了。

才想到波特的紀念品，一隻有著巨型腳掌的大型狗衝進辦公室。

「小波特！」阿聰徒勞無功的想從小波特身下逃離，直到阿三跟著衝進來帶走小波特，阿聰才得救。

當老波特讓收容所的藏獒懷孕後，他們才意外得知大望並沒有讓波特結紮，於是留下了和波特一樣大尺碼的紀念品小波特，以及同樣大型的兄弟姐妹們。

「但為何帶波特去散步時，牠不會對其他的狗有反應呢？」阿杰提出困惑已久的疑問。

「大概是因為波特也很挑吧！竟然挑了隻藏獒做老婆，太誇張了。」阿聰心有餘悸的說。

「是有藏獒血緣的老婆啦！」

藏獒也是價值不斐的純種狗，妮妮是和其他大型犬混種的米克斯藏獒，體型完全遺傳了藏獒的基因。因為飼主無法再負擔牠的生活費而被轉賣到育種中心，但卻一直無法受孕，加上年紀不小而被育種的商人丟棄，沒想到卻在收容所和波特孕育了下一代。

「我想妮妮一定也很挑，不然也不會挑到老狗波特。」阿聰分析著：「而且她不介意門不當戶不對，挑了波特這隻混種，又生出混種，米克斯生米克斯，米克斯再生米克斯……」

「原本純種也是米克斯呀！像混血兒一樣，育種者將不同種類的狗混種後，得到外型或能力有特色的品種，最後才成為新品種的狗兒，像之前流行的摺耳貓就是。」

「你覺得以『米克斯的混種史』為題，論述狗血統與能力這樣的論文如何？」阿聰正在攻讀動物遺傳基因的博士學位，只要一聊起有關狗兒的話題，他們連狗狗的心理狀態，個性和血型、甚至星座都津津樂道，完全沉浸在動物的世界裡。

「我覺得討論波特愛情的話題可以到此為止了。」安德建議著：「討論一下你們兩個的愛情如何？」

阿杰和阿聰各翻了一個白眼。

「啊！我要先去處理烏龜的殼，你知道，最近阿秘的殼長了一些奇怪的青苔，我想要先幫牠解決這些問題。」阿杰認真說道。

「其實呢！狗舍的圍欄可以換新了，我想說待會兒去整修一下，然後改天增設個美容院，開放給所有人使用，許多飼主還是喜歡帶狗狗去洗澡，裝扮一下的，如何？」

「我覺得不錯，那我先幫你整修圍欄吧！我們走！」阿杰拉著阿聰就往外走。看著想盡辦法叉開話題，一溜煙跑出辦公室的兩人，安德默默的搖搖頭，看來他想抱孫子，或許等待小波特的小孩還比較實在。他默默提著工具箱，加入了兩個年輕人的整修工作。

星空之下，他們熟練的修補著圍欄，阿杰一邊用老虎鉗整修籬笆，一邊對在旁調整高度的安德說：「老爸，謝謝你。」

「謝什麼？」

「謝謝你帶我進入了動物的世界。」

阿杰露出純真的微笑說：「就如媽所說，動物真的教會了我好多事情！」已經看得見白頭髮的安德，依舊把成年的兒子當作小孩，他慈愛的摸了摸阿杰的頭說：「我才要謝謝你，一直以來支持著我。」

他們相視微笑著，在星光閃爍的夜空中，一抹新月掛在天邊，彷彿也對著他們微笑，更像是對著大地上的動物們慈愛鼓勵著，與他們一同讚頌慈悲的生命之歌。

爸爸的動物園

作者　岑文晴
責任編輯　王成舫
美術編輯　蕭佩玲
封面設計　蕭佩玲

出版者　培育文化事業有限公司
信箱　yungjiuh@ms.45.hinet.net
地址　新北市汐止區大同路三段一九四號九樓之一
電話　（02）8647-3663
傳真　（02）8674-3660
劃撥帳號　18669219
CVS代理　美璟文化有限公司
TEL／(02)27239968
FAX／(02)27239668

總經銷：永續圖書有限公司
永續圖書線上購物網
www.foreverbooks.com.tw

法律顧問　方圓法律事務所　涂成樞律師
出版日期　2013年12月

國家圖書館出版品預行編目資料

爸爸的動物園 / 岑文晴著. -- 初版.
-- 新北市 : 培育文化, 民102.12
面 ; 公分. -- (勵志學堂 ; 45)
ISBN 978-986-5862-21-3(平裝)
859.6　　　102020799

※為保障您的權益，每一項資料請務必確實填寫，謝謝！

姓名		性別	□男 □女
生日	年 月 日	年齡	
住宅地址	郵遞區號□□□		
行動電話		E-mail	

學歷

□國小 □國中 □高中、高職 □專科、大學以上 □其他______

職業

□學生 □軍 □公 □教 □工 □商 □金融業
□資訊業 □服務業 □傳播業 □出版業 □自由業 □其他______

謝謝您購買 爸爸的動物園 與我們一起分享讀完本書後的心得。務必留下您的基本資料及電子信箱，使用我們準備的免郵回函寄回，我們每月將抽出一百名回函讀者，寄出精美禮物以及享有生日當月購書優惠！想知道更多更即時的消息，歡迎加入“永續圖書粉絲團”

您也可以使用以下傳真電話或是掃描圖檔寄回本公司電子信箱，謝謝！

傳真電話：（02）8647-3660 電子信箱：yungjiuh@ms45.hinet.net

●請針對下列各項目為本書打分數，由高至低5～1分。

	5 4 3 2 1		5 4 3 2 1
1. 內容題材	□□□□□	2. 編排設計	□□□□□
3. 封面設計	□□□□□	4. 文字品質	□□□□□
5. 圖片品質	□□□□□	6. 裝訂印刷	□□□□□

●您購買此書的地點及店名______

●您為何會購買本書？

□被文案吸引 □喜歡封面設計 □親友推薦 □喜歡作者
□網站介紹 □其他______

●您認為什麼因素會影響您購買書籍的慾望？

□價格，並且合理定價是______ □內容文字有足夠吸引力
□作者的知名度 □是否為暢銷書籍 □封面設計、插、漫畫

●請寫下您對編輯部的期望及建議：

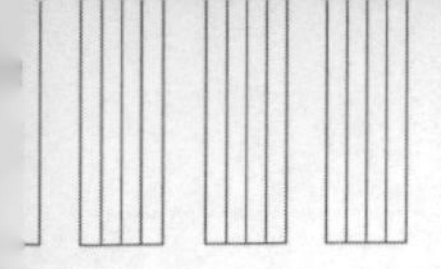

221-03

新北市汐止區大同路三段194號9樓之1
FAX：（02）8647-3660
E-mail：yungjiuh@ms45.hinet.net

培育

文化事業有限公司

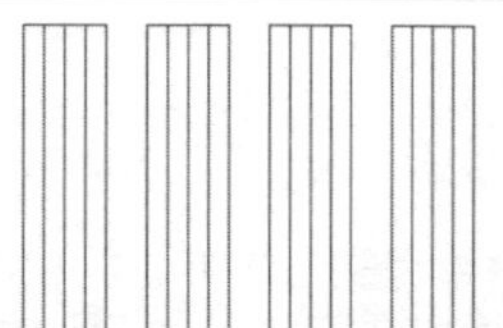

讀者專用回函

爸爸的動物園

培養文化育智心靈的好選擇